ESPURNA
bromera

ESPURNA

ÚLTIMS TÍTOLS PUBLICATS

29. *Cartes d'hivern.* Agustín Fernández Paz
30. *L'illa del faraó.* Joan Pla
31. *La vall dels nabius.* DD. AA.
32. *Amors maleïts.* Jordi Mata
33. *Joel.* Isabel-Clara Simó
34. *Cartes a la màniga.* Estrella Ramon
35. *L'estirp de l'horror.* Vicent Enric Belda
36. *No em pots dir adéu.* Jesús Cortés
37. *El món de Rocannon.* Ursula K. Le Guin
38. *La Presència.* Mercè Company
39. *Pensaré en tu.* Glòria Llobet
40. *El joc de pensar (converses amb Marta).* Tobies Grimaltos
41. *Només la mar ens parlarà d'amor.* Joan Pla
42. *Generació Z.* David Duran
43. *Per júpiter!* Vicent Pardo
44. *Amor dels quinze anys, Marilyn.* Agustín Fernández Paz
45. *Menjaré bollycaos per tu.* Pasqual Alapont
46. *El temps no passa per Montmartre.* Joan Pla
47. *Roses negres a Kosovo.* Jesús Cortés
48. *La dama del medalló.* Mercè Company
49. *Els dimonis de pandora.* Silvestre Vilaplana
50. *Àngels en temps de pluja.* Miguel Vázquez Freire
51. *Aire negre.* Agustín Fernández Paz
52. *Quasi déus.* Montserrat Galícia
53. *Una llar en el món.* Pepa Guardiola
54. *Mirant la lluna.* Joaquim G. Caturla
55. *La veu.* Mercè Company

Impressió: *Romanyà-Valls*

1a edició: *juny, 2001*
ISBN: *84-7660-586-2*
DL: *B-22461-2001*

PAPER ECOLÒGIC
TCF LLIURE DE CLOR

FOTOCOPIAR LLIBRES
NO ÉS LEGAL

La veu

Mercè Company

Espurna
bromera

A Joa —Georgina— Sierra i Cortijos,
perquè és una adolescent encantadora,
perquè es va declarar fan *d'aquesta col·lecció*
i perquè em va demanar de ser-ne, un dia, protagonista.

I als estudiants Jordi Boldú, Gisela Asensio,
Núria Palmieri, Oriol Mir i Xavier Pinyol,
que tant els agrada jugar amb fantasmes.

El meu agraïment sincer al professor Sinesio Darnell, químic industrial, membre de la Sociedad Española de Microbiología i de la Societat Acadèmica «Arts-Sciences-Lettres» de França, investigador honest, incansable i respectuós del fenomen de les psicofonies des de fa més de vint anys, pel seu assessorament en aquest tema i la informació que m'ha permès extraure dels seus interessants llibres El misterio de la psicofonía *i* Tiempo, espacio y parapsicología.

Capítol primer

Fa un dia esplèndid, amb un cel tan blau que gairebé resulta ofensiu per als qui, avui, diumenge 8 d'octubre del 89, s'han de quedar a casa per fer el dinar, pintar la cuina...O per als que estan encauats com els pastissers, els conductors del metro i d'altres, que han de treballar els dies de festa i s'han d'aguantar perquè la feina és la feina, ja se sap. Però aquest no és el cas d'aquests quatre estudiants, dos nois i dues noies, que semblen contents i bastant despistats perquè, en sortir de l'estació de metro del Poblenou, exclamen quasi alhora:

—Òndia! On som?

—A la quinta forca!

—Tu! Vols dir que saps on vas?

—Que potser ens hem equivocat de parada?

—Preguntem-ho a aquell home.

Tots quatre troten àgilment cap a un home gran que, amb el diari sota el braç, espera pacientment que el semàfor es posi verd.

—Perdoni. Que és per aquí, el Cementiri Vell?

L'ancià tomba el cap i respon:

—Us queda un pèl lluny, minyons. Mireu, agafeu aquell carrer, el veieu? És el carrer Taulat. Seguiu-lo recte. A la banda de mar trobareu una paret força alta, tombeu la cantonada i ja hi sereu.

—Gràcies!

—Bon dia!

—Adéu-siau!

Un cementiri vist a la llum del sol, no ofereix la mateixa impressió que si es retalla contra un cel ombrívol i cobert de núvols amenaçadors. Probablement és per aquesta causa que en les pel·lícules de terror, si el temps no hi ajuda, s'hi ha d'esmerçar gran quantitat d'efectes especials per aconseguir l'impacte desitjat.

Però el cementiri de l'Est, o el Vell, com és més conegut pels barcelonins, s'escapa d'aquesta norma. Malgrat que el sol l'il·lumini per totes bandes, el seu aspecte és tan tètric que seria una gentilesa, per part de l'ajuntament, de posar un rètol a la porta amb aquest enunciat: «La visió d'aquest lloc pot ferir la sensibilitat del visitant».

El jardí ampli i ben conservat que hi ha a l'entrada, no és indicatiu del que es troba un cop traspassada la gran porta de ferro rovellat. El jardí, habilitat en part com a aparcament per als cotxes, és fins i tot tan acollidor i tan asolellat, que més d'un avi l'aprofita per prendre-hi el sol mentre vigila les evolucions que fa la néta dalt la bicicleta.

Aquesta impressió, càlida, és la que reben els quatre amics en arribar-hi.

—Oh! Que maco! —exclama la Gisela Asensio—. Si sembla el jardí d'un hotel!

—Els morts deuen venir-hi a prendre la fresca —riu el Jordi Boldú.

—També hi tenen dret, pobres! Tot el dia ficats dintre els nínxols! Quin avorriment! —afegeix l'Oriol Mir.

—Mira que sou fastigosos, eh? —exclama la Núria Palmieri—. Ai, encara no sé com m'heu convençut de venir!

—Perquè la Gisela és molt convincent —apunta el Jordi—. Jo volia anar a veure el partit d'hoquei del meu germà, i ja veus on sóc.

—No hauríeu pas volgut que vingués sola, oi? —diu la Gisela fent anar els cabells cap a l'altra banda, amb un moviment ràpid de la mà.

—És que són ganes, de venir aquí en un diumenge tan maco com el d'avui! No t'escoltaré més —rondina la Núria.

—Mentidera! Si et mors de ganes de veure'l! —li respon l'amiga.

Han traspassat la porta gran. Entre aquesta i la més petita que dóna pas al recinte, a mà esquerra hi ha les oficines, i a la dreta, els lavabos.

—Però ja saps on vas? —li pregunta l'Oriol, veient com la Gisela camina decidida davant el grup.

La noia s'atura, obre la bossa que duu penjada a l'espatlla, en treu una mena de llibreta de tapes dures de color lila i la hi ensenya.

—I tant! No tenim pèrdua! Aquí, al títol de propietat del nínxol, ho diu. —I llegeix les dades en veu alta.

Han traspassat la segona porta. Ja són dintre el recinte. En un silenci sobtat, els quatre amics miren al seu entorn. Els ha sorprès la distribució de l'espai i dels blocs. Davant d'ells s'obre un passadís, tan ample, que més aviat sembla una avinguda i que, pel que sembla, és llarguíssim. En perpendicular, una altra avinguda va de l'esquerra a la dreta; ells són a l'inici d'aquesta mena de «T».

—Ostres! —fa el Jordi Boldú—. Sembla una ciutat. No ho veieu? És com els carrers i les cases. Que geomètric!

—Però sense ni un arbre! I que tronat! —afegeix l'Oriol—. Això sembla de l'any mil abans dels romans.

Han enfilat el passadís central i caminen lentament, tot mirant al seu entorn amb sorpresa i curiositat. Les parets dels blocs, les cornises i el contorn dels nínxols semblen haver estat sotmesos a l'atac furibund de rates devoradores de pedra, que l'han rosegada a pler fins a deixar-hi ben marcats els senyals de les seves incisives. En molts nínxols, les làpides són només una mà de ciment on es llegeix, amb prou feines, el nom o les inicials de qui n'és el propietari, o del difunt que hi ha enterrat. En d'altres, una peça de marbre, també bruta i deixada, ocupa aquest lloc. Només, de tant en tant, escadusserament, aquí i allà, es veuen nínxols amb el marbre i la porteta de vidre de protecció, nous de trinca.

—Però, heu vist que rònec? —L'Oriol no se'n sap avenir—. Si sembla que tot hagi de caure a trossos! Quin fàstic!

La Gisela s'ha aturat davant d'un nínxol que, pel seu aspecte, sembla totalment abandonat.

—Ei, mireu què diu aquí!

Tots llegeixen: «*En recuerdo de mi amado hijo que murió a los 24 años de edad. R.I.P. 1827*».

—Bufa! Del mil vuit-cents! Del segle passat! És clar que està abandonat! Si ja no deu quedar ningú de la seva família! —fa la Núria, que sembla que vagi encongint-se per moments.

—És que aquest cementiri és molt antic, per això en diuen «el Vell» —diu la Gisela reprenent el camí—. La meva mare m'ha explicat que, quan el van construir, això era els afores de Barcelona; d'aquí que estigui tan lluny del centre de la ciutat. També m'ha explicat que va haver-hi una epidèmia de grip, per la qual es va morir la meitat de la població i que va ser enterrada aquí.

—També és mala sort, palmar-la per una grip! Que vulgars! —se'n riu l'Oriol.

—És que abans, la gent la palmava per qualsevol bajanada! —riu també el Jordi.

Aproximadament a la meitat del bloc, hi ha una obertura en forma d'arcada que permet accedir a una illa interior que té les mateixes característiques de construcció. És a dir: és un passadís perfectament rectangular amb un bloc de nínxols a banda i banda.

—Ep! Anem per aquí? —proposa la Gisela—. Em sembla que aquesta és l'illa que busquem.

Trenquen per aquesta banda i continuen caminant, badant i rient.

* * *

El solet d'aquest diumenge d'octubre, també entra per la galeria d'aquest pis situat a prop del passeig de Joan Maragall. El Miquel Sierra ha obert la finestra de bat a bat i s'hi aboca. Contempla el pati interior, no gaire gran, que dóna al darrere de la fàbrica de l'altra banda. Després, es tomba per respondre al que li pregunta la seva germana, la Joa.

—Bé, què et sembla?

El Miquel Sierra, un xicotàs de trenta-dos anys, alt, quadrat d'espatlles i de moviments lents i un xic matussers, es frega les mans, com si temés haver-se-les embrutades, i reconeix:

—No està malament... De fet, per a tu sola, ja en tens prou.

La Joa repassa amb els ulls la peça quadrada que correspon, teòricament, al menjador. Sí, no està gens malament.

—No cal ni pintar-lo ni comprar mobles —afegeix el germà—. Encara que... T'agrada el paper de la paret? És molt antiquat i...

—No t'agrada gaire que hagi pres aquesta decisió, oi? —el talla la noia.

El Miquel alça les celles, com si s'hagués vist enxampat de sobte, i sospira. S'acosta a la taula, i seu en una de les quatre cadires que l'envolten.

—No gaire —confessa—. M'estimava més que visquessis amb la tia Narcisa. Estava més tranquil.

—De què tens por? —La Joa s'ha assegut davant seu.

El Miquel la mira i no pot evitar sentir-se entendrit. La seva germaneta s'ha fet gran. Ja és una dona. Però és tan jove, encara! I en una ciutat com Barcelona, hi ha tants perills per a una noia de la seva edat...!

L'home es passa la mà per la cara. Té els cabells molt foscos i una mica arrissats, i els duu curts i ben pentinats amb clenxa. Malgrat posseir unes faccions simètriques i agradables, i uns ulls d'un blau intens envoltats d'unes pestanyes llargues i fosques, té un cert aire vulgar, que ni l'elegant vestit que duu, de tela bona, prou que es nota, aconsegueix millorar. La Joa, però, és ben diferent. Alta i morena com el germà, a més d'atractiva, té aquell toc de distinció que no es compra enlloc. Els cabells, molt llargs i molt ondulats, li emmarquen bé la cara. Però no són els ulls, d'un gris perlat («Són els ulls de ta mare», li deien de petita), el que crida l'atenció del seu aspecte, sinó la forma de parpellejar, que és lenta i reposada, com si necessités meditar cada paraula, cada concepte.

—Digues, de què tens por? —repeteix la noia.

—No és por, nena, és... Bé, sí, d'acord. És por. Només tens disset anys i.... Bé, espero que tindràs seny.

La Joa enceta un somriure. Té els llavis ben formats i un xic molsuts.

—Em portaré molt bé —diu en un to pretesament aviciat—. Faré bondat i aniré a dormir d'hora.

El Miquel s'inclina una mica endavant. I un xic amoïnat, diu:

—Però si tens cap problema, fes-m'ho saber. D'acord?

Ara la noia riu i, fingint despreocupació, pregunta:

—Quin problema vols que tingui?

—Poc que ho sé! Jo només vull que estiguis bé i que no pensis en...

S'incorpora, canvia el to de veu.

—Bé, ara parlem de coses pràctiques. Dius que aquest pis et costa trenta-cinc mil de lloguer, oi?

La Joa s'ha estremit. Sempre hi ha *allò* surant entre ells dos. Fins quan? No ho podran oblidar mai? Fa un esforç i respon el més naturalment possible:

—Sí. Tot inclòs. Però jo en puc pagar ben bé la meitat; per tant, per a tu serà el mateix que si visqués amb la tia.

El Miquel fa un gest d'estranyesa:

—Però, tant guanyes, passant treballs a màquina?

—Sí. Sóc ràpida.

El germà mou el cap i, mecànicament, s'endú la mà a la butxaca de dalt de l'americana on duu la cartera, i clavant-li un parell de copets, assegura:

—De totes maneres, cada mes t'ingressaré a la llibreta de la Caixa quaranta mil pessetes. No vull que et falti res.

La Joa allarga la mà per damunt la taula i agafa la del seu germà. I la hi estreny amb tendresa.

—Em tens massa consentida, Quel. Mai no creixeré, si em continues tractant com a una nena.

El Miquel riu una mica avergonyit.

—No et facis il·lusions —murmura—. Encara ets una nena!

* * *

—Voleu dir que no ens hem perdut? —fa la Núria amb la veu escanyada de por.

Tots quatre són al bell mig d'una de les moltes illes interiors de les quals han anat entrant i sortint. Ho han de reconèixer: s'han perdut. No han aconseguit trobar el nínxol dels besavis de la Gisela. Hi ha tantes illes i tants departaments que s'han fet un bon embolic. El Jordi diu, de cop:

—Ei! Heu vist quina hora és?

Tots, instintivament, alcen la mà per mirar l'hora. Falten cinc minuts per les dues del migdia.

—I si tanquen a les dues? —clava la Gisela.

—Correm!

—Cap a on?

La Núria, excursionista de tota la vida, alça el cap i mira la posició del sol en el cel. Assenyala:

—Cap allà.

Corren com si els empaités un estol de cadàvers. Travessen els amples passadissos sense trobar ningú. Tot és ben desert, ja. Els darrers metres els fan amb el cor a la boca. No volen ni imaginar-se la possibilitat de quedar-se tancats.

Però el sentit de l'orientació de la Núria és bo i fan

cap a l'entrada principal. Rere la segona porta, que és la primera venint del recinte, hi ha el vigilant fent-la petar amb un home que té tot l'aspecte de ser un jardiner. L'Oriol s'ha avançat als seus companys i, esbufegant, pregunta:

—A quina hora tanquen?

—A les sis de la tarda.

—Ah! Uf! —Es tomba i crida—: Tranquils, tios. Fins a les sis tenim temps!

El guarda i el jardiner els veuen venir amb una rialla burleta.

—Que us empaitava algú?

—És que ens pensàvem que ja tancaven.

—Doncs allà hi ha un rètol ben gran que indica l'horari —i assenyala l'entrada. Mentre, la Gisela se li ha apropat amb el títol del nínxol a la mà:

—Em pot indicar on dimoni queda, això? Perquè aquest cementiri és com un laberint! Recoi, que complicat!

El jardiner s'acomiada, i el vigilant acompanya la noia fins a un plànol que hi ha penjat a la paret, just al costat de la porta de les oficines.

—He, he! La primera vegada sempre passa el mateix. Tothom es perd! I és perquè no mireu el plànol. Per què us penseu que hi és? He, he... Mira, ara sou aquí i aquest número és... —Hi posa un dit al damunt—. Just aquí. Heu de seguir el passadís central fins arribar a la placeta. Trenqueu a la dreta i passareu a una illa. Allà el trobareu.

—Gràcies. Anem, gent?

—Ja heu vist els panteons? —pregunta el vigilant en el mateix to burleta que fa creure a la Núria que es fot d'ells.

—No —responen tots gairebé alhora.

—Doncs us perdeu el millor. Allà hi ha tot el grup d'escultures. És prou important... N'hi ha de Clarà, de Llimona...

—On és? —El Jordi ha anat cap al plànol i el mira amb atenció.

—Aquí, al fons de tot. Heu de passar per aquí... Seguiu... —amb el dit va assenyalant el trajecte—, i ja hi sereu. Val la pena, de debò.

—Què, som-hi? Jo ho vull veure! —proposa, ben engrescat, el Jordi.

—Em sembla que jo us esperaré aquí —diu la Núria.

—Apa, no siguis burra! —fa la Gisela.

—És que estic incòmoda! —protesta l'altra—. No suporto els cementiris. Em fan por!

—No pateixis, Nurieta, nosaltres et protegirem —riu l'Oriol.

I el vigilant, que sent que li pesen els anys per tot arreu, els segueix amb la mirada fins que els perd de vista. Ai, joventut, joventut! Quin tresor, ser jove! Després, a poc a poc, va cap a l'oficina. Mentre el jovent fa un tomb pels panteons, ell farà un mos, perquè ja és hora de dinar, sí senyor!

* * *

El Miquel s'assegura bé que totes les finestres estan ben tancades. Després comprova l'aixeta del gas i la de l'aigua. La seva germana el deixa fer sense dir res. El seu silenci és tan evident, però, que el xicot se n'adona i es mig disculpa:

—Perdona, és casa teva, ja ho sé, però...

—Ja et faràs a la idea. On dius que és, aquest restaurant on em vols portar?

—M'agradaria fer una paella al Botafumeiro. Et fa el pes?

—Ui, sí! Però em pensava que dinaríem aquí, *a casa* —ha recalcat el mot però el Miquel no ho ha pescat—. Fins i tot ja he comprat.

—Poc que val la pena que et busquis feina. Després et quedarien els plats bruts per rentar. Res, dona, anem al restaurant i que ens serveixin. Tens les claus? Vigila de no oblidar-les, eh? Aquí no hi ha eixida, ni cap finestra per on entrar!

La Joa es fica la mà a la butxaca dels texans i li ensenya un clauer amb un parell de claus que hi ballen.

—En faré una còpia per a tu —diu—. Això et farà estar més tranquil?

Capítol segon

Han seguit les indicacions del guarda i, per fi, la Gisela ha pogut comprovar personalment que el nínxol on reposen les restes dels seus besavis, llevat d'escrostonat, brut i abandonat, conserva l'aparença d'intacte.

—I per què tenia por, la teva mare? —pregunta la Núria.

—Doncs perquè, no sé per quina raó, no s'ha pagat la conservació del nínxol durant molts anys. I la mare, en trobar el títol entre els papers de l'oncle que va morir aquest estiu, temia que els de l'ajuntament l'haguessin buidat i haguessin llançat les restes dels seus avis a l'ossera general. Per això he vingut a veure-ho. Havíem de venir juntes, però avui no sé què li passava que no podia venir i no volia endarrerir-ho més. Quan ho sàpiga es quedarà tranquil·la.

—Bé. Anem ara a veure els panteons? —demana el Jordi, que salta ara damunt d'un peu, ara damunt de l'altre, impacient.

—Jo no vinc! —afirma immediatament la Núria.

—Doncs, maca, aquí et quedes! Anem? —diu la Gisela als altres tot fent mitja volta.

—Sí, home! —crida l'amiga, ben esgarrifada—. Teniu un morro que us el trepitgeu! Ei, espereu-me!

A la zona dels panteons, només s'hi pot entrar a través de la senyorívola glorieta que, a tall de silenciós sentinella, la guarda gelosament. Devia ser una bella construcció en el seu moment perquè encara ara, bruta dels excrements dels coloms que se l'han feta seva, i masegada pel suposat atac de les imaginàries rates menjadores de pedra, conserva una dignitat i una excel·lència que obliguen els quatre amics a abaixar el to de veu.

Aquesta part no té res a veure, arquitectònicament, amb la resta del cementiri. Aquí no s'alcen els grans i mastodòntics blocs de nínxols, ni hi ha avingudes. En aquest recinte rectangular, tots els marges són ocupats per capelles individuals, cadascuna amb el seu altar i la seva corresponent porta de ferro. Les tombes estan integrades a la paret i cobertes per làpides de marbre. I totes amb una inscripció que el temps ha anat esborrant. A les capelles, s'hi accedeix després de pujar tres graons de pedra que s'obren a un estret passadís que, a tall de petit balcó, amb barana de ferro i tot, voreja les capelles fins a completar la volta. Al bell mig, en l'espai central, hi ha els panteons. Soberbis. Magnífics. Ostentosos. La majoria, rematats per figures de marbre representant àngels, santcristos jacents o pecadors penedits. Els estils arquitectònics, ben barrejats entre si: al costat d'un panteó de línies sòbries, se'n pot veure un d'inspiració romana amb columnes incloses. Gairebé tots delimiten el seu espai inferior amb un tancat. Són diminutes còpies de jardins autèntics, amb la seva reixa de ferro i la porteta per tancar amb pany i tot.

Però ja no serveixen de res ni les reixes, ni els panys, ni les portes, ja que totes, pràcticament sense excepció, estan ben rovellades i ben trencades i deixen el pas franc a qui vulgui atansar-s'hi.

—Destrempant! Realment destrempant! —murmura l'Oriol, encara al darrer graó de la glorieta. Els altres, que ja són a baix, resten muts fins que la Gisela diu:

—El guarda no ens ha enredat pas. Aquesta part del cementiri val la pena de ser visitada...

—... Sempre i quan no se sigui gaire impressionable —afegeix la Núria amb un fil de veu—. Perquè, em trobo malament, molt neguitosa, de debò. Va, fotem el camp! No us ho perdonaré mai, això!

Ni la senten. Qui més qui menys, se sent torbat pel que veu.

—He estat en altres cementiris —diu la Gisela en veu baixa als seus amics—. El de les Corts, el de Montjuïc i el de Cardedeu, que és petit i preciós, però mai en cap com aquest. Jo no sóc poruga però us confesso que em sento... No sé com dir-ho...

I sense poder-ho evitar, s'esgarrifa.

—És perquè estem sols —murmura l'Oriol—. No hi ha ningú! A veure, callem un moment...

El silenci és dens. Fa un dia esplèndid, certament. Lluu el sol amb una vivor que recorda la de l'estiu. A les autopistes i les carreteres del voltant de Barcelona, deu haver-hi embussos per parar un tren. Les terrasses dels bars deuen ser plenes de gent fent el vermut, xerrant o avorrint-se. Arreu tot és ple de vida, però aquí sembla que el temps s'hagi aturat.

L'Oriol s'empassa saliva.

—No noteu una olor estranya? —deixa caure de cop.

Instintivament, tots, fins la Núria, alcen el cap i ensumen fent vibrar els narius.

—És una olor diferent de la que hi ha a fora, no ho noteu? —insisteix el noi.

—Deu ser de flors mortes —apunta la Gisela. I es posa les mans a les butxaques de la caçadora encongint-se una mica.

—I de podrit! Hi deu haver aigua embassada en algun lloc. Si...

—Eeeeiiii! —crida de sobte el Jordi. Tots se sobresalten i el miren espantats:

—Què passa?

—Tio, m'has espantat!

—Burro! Animal!

El Jordi riu d'orella a orella. Els ulls li brillen, sembla entusiasmat per vés a saber què i, abans que els altres li ho preguntin, deixa anar:

—Tios, he tingut una idea genial —i en to solemne anuncia—: Aquest és el lloc que he estat buscant durant tant de temps!

—Per fer què? —salta l'Oriol.

—Psicofonies! Genial, tu! Aquí segur que en farem un munt!

—Estàs torrat, nano! —exclama la Gisela—. Aquí vindrà a fer-les la teva tia. Però amb mi no hi comptis! Vine, Núria, anem a veure les capelles.

La Núria se li penja al braç. Té els ulls —els seus magnífics ulls blaus, la referència inevitable de tothom qui la coneix per primera vegada— plorosos. Ella es coneix. Ja voreja l'atac d'histèria. Si no se'n van de pressa d'aquí, no respon dels seus actes. Intenta dir-ho a l'amiga, però la Gisela la fa callar i, juntes, van cap a les capelles. L'Oriol i el Jordi es queden sols. El Jordi ha anat cap a un panteó de construcció vertical. La porta, prou alta com per deixar passar una persona, és oberta i encallada, cosa que comprova fàcilment el xicot.

—Ei, Uri, vine. Mira, hi ha graons que baixen cap avall. —Mira enrere. Les noies són davant d'una capelleta llegint les inscripcions—. Què et sembla? Baixem?

L'Oriol s'hi acosta. Allarga el cap. Veu les escales, i també que dos pams més enllà tot és més negre que la pell de la caçadora que duu posada. Es fa enrere.

—Au, no siguis brètol! —diu—. No veus que si ve aquell paio, el guàrdia, ens caurà el pèl? —Mira l'hora—. Òndia! És un quart i mig de tres. Potser que marxéssim, ja...

El Jordi no l'escolta. Està examinant els panteons amb una atenció digna del millor detectiu. L'Oriol comença a posar-se nerviós. Ell no és un caguetes, però no s'hi troba gens bé, aquí. Hi ha massa silenci. I aquesta olor de mort... Sí, aquesta és la definició exacta. Olor de mort.

—Uri! Jordi! Ajudeu-me! Que aquesta em cau rodona!

L'Oriol hi va ràpid. El Jordi no ha sentit la Gisela perquè ja és a l'interior del panteó de les escales. I dubta. Si tingués una llanterna a mà...! Potser les noies... Surt disparat i es troba la Núria asseguda a l'escala de pedra de la glorieta, més pàl·lida que un gelat de nata. La Gisela està inclinada davant seu fent-li aire amb el títol del nínxol dels besavis.

—Ja era hora que vinguessis —l'escridassa la noia—. On t'havies ficat?

—Que tens una llanterna, Gisela? —li pregunta ell.

—Mira que ets criatura! —crida, indignada—. Aquesta gairebé se'ns desmaia i tu vols jugar a lladres i serenos. —A l'amiga—: Com et trobes, Núria?

La Núria té els ulls tancats i, si han de deduir el seu

estat per la cara que fa, hauran de convenir que està molt, però molt, malament!

—Fataaaal... —gemega la noia—. Me'n vull anar.

—Però, què li passa? —diu el Jordi, francament sorprès—. Tampoc n'hi ha per tant! —Aixeca la mà i assenyala al seu entorn—. Només són panteons. No hi ha res, aquí.

—Tens la sensibilitat a la punta de la wamba, tu! —li etziba la Gisela.

—Ei, de debò —es defensa el noi—, jo no... —Calla de cop i mira la Núria amb cara d'il·luminat—: Ah! Ja sé què et passa!

S'agenolla davant seu i li agafa les mans:

—Nurieta, maca, digue'm què sents, exactament.

La noia deixa anar un gemec i entreobre una mica els ulls.

—Sento esgarrifances... i una sensació de por molt forta. Creieu-me, no faig comèdia, us ho juro!

El Jordi es posa dret d'un bot i sentencia:

—Ja ho tinc! —Assenyala l'amiga amb un dit que sembla acusador—. La Núria és sensitiva. Deu captar les vibracions que hi ha aquí —torna a ajupir-se de cop i prega—: Núria, preciosa, bonica, necessito algú com tu per fer les psicofonies. Porto tres mesos intentant enregistrar alguna veu. Per favor!

—Ni boja! —respon la Núria amb una energia que sorprèn els altres, que la veien mig difunta, ja.

—Però que no ho veus, que un científic necessita fer experiments? —El Jordi ha adoptat un to tan dramàtic que provoca el riure de la Gisela i l'Oriol—. I necessita que els amics l'ajudin!

—Ja ho fem, tu! —diu l'Oriol—. Si ens passem els dissabtes convocant els esperits!

—Per això mateix! —fa, resolt, el Jordi—. I no aconseguim res, oi? Això és perquè nosaltres no fem d'antena. Per tant, en necessitem una. I la Núria és la ideal.

La Núria, ajudada per la Gisela, s'aixeca.

—Ja em trobo millor. Anem?

—Sí. Som-hi.

Tots tres, tret del Jordi, fan mitja volta i comencen a pujar els graons per travessar la glorieta. El Jordi es queda sol i es lamenta com un jove científic sense recursos.

—Oh, pobre de mi! Sóc a un pas de coronar amb èxit les meves investigacions i em veig rebutjat pels qui creia els meus amics!

Els altres ja són camí de l'avinguda central. El Jordi fa una ullada al seu voltant. Decididament, a ell no l'impressiona gens, aquest panorama. Es veu prou amb cor de venir-hi, ni que sigui sol, a fer unes quantes psicofonies. I millor de nit, si és possible. Perquè aquí, amb aquest *ambientillo*, segur que enregistraria alguna cosa. És clar que si l'acompanyés una bona «antena» l'èxit seria segur. Ha d'intentar convèncer la Núria com sigui.

Arrenca a córrer:

—Ei, espereu-meeee!

* * *

Els hauria costat trobar taula al Botafumeiro perquè és ben ple. El Miquel Sierra però, previsor com és, havia tingut cura d'encarregar-la ahir des de casa seva, abans de sortir cap a Barcelona.

El *maître* els ha guardat un bon lloc. La Joa se sent una mica encongida per l'ambient selecte del restaurant i admira la naturalitat amb què es comporta el seu germà. Com si hi vingués cada dia.

—Sempre que vinc a Barcelona per veure'm amb algun client, el porto aquí si m'interessa quedar bé —explica el Miquel, com si hagués captat el pensament de la seva germana.

—Et va bé la feina, oi?

El cambrer, que ja li coneix els costums, li apropa una capsa de puros. El Miquel agafa un Montecristo i diu:

—Deixi, ja l'encendré jo. —A la noia—. Aquí, si vols, te l'encenen i tot. Però m'estimo més fer-ho jo. Què deies? Ah, sí! La feina. Molt bé, tot rutlla. No em puc queixar.

—I... la Margalida? Com van les coses entre vosaltres?

Des que l'ha vist aquest matí estava desitjant preguntar-li-ho. Per l'expressió que té el Miquel, entén que han trencat.

—Diu que s'ho vol pensar. —El Miquel força un somriure—. No sé què els passa, a les noies de Figueres. Si sóc un bon partit: solter, amb negoci propi, un pis molt ben situat...

—Una masia... —La Joa ho ha dit amb ànsia i, tan bon punt ho ha pronunciat, se'n penedeix. El Miquel vacil·la un segon i continua com si no hagués sentit la seva germana:

—No sé què més puc oferir.

—Ets fantàstic —diu ella posant-hi tota l'ànima—. Ja trobaràs la noia que et mereix!

—Així ho espero! —El Miquel espolsa el puro amb força. És la vella tècnica dels bons fumadors—. I ara parlem de tu. T'hi trobes bé, a l'institut?

—Sí, molt. El sol fet de repetir ja significa deixar els companys.

—Però ja deus tenir nous amics, oi?

La Joa fa un gest ambigu que no aclareix res. Per al

Miquel, però, és suficient. A ell, el terreny de les intimitats té la virtut de posar-lo nerviós.

—Va ser una bona idea fer-te venir a Barcelona. Ho veus? —diu amb satisfacció. La Joa assenteix.

—I el curs, què? Va bé? Estudies força?

—Tot just l'hem començat. Però penso que me'l trauré bé.

—És clar que te'l trauràs! Això... —fa una pausa i es passeja el puro d'una banda a l'altra de la boca. Ha de dir una cosa i no sap gaire bé com enfocar-la—. Georgina, he pensat que podríem vendre la masia...

La Joa es queda immòbil.

—... Seria el millor. Els mobles, les coses que hi ha... les faria treure per algú. No caldria que vinguessis...

—Vendre la masia... —repeteix la noia.

—Sí. —El Miquel l'escodrinya amb ànsia. Com ha rebut la notícia, la seva germana?—. És millor que ens la traguem del damunt —aclareix, un pèl insegur.

—Vendre la nostra casa... —sospira la Joa.

—Sí! —Ara és una afirmació rotunda. Potser ha esperat massa. O potser hauria estat preferible fer l'operació sense dir-li res.

—Em sembla bé. —El seu to és serè. El Miquel sospira, alleugerit.

—Molt bé, nena. Ja et tindré al corrent.

—Saps una cosa? —la noia somriu amb una certa picardia—. A l'institut no em diuen Georgina, sinó Joa.

—Joa? —El Miquel fa una ganyota—. No m'agrada. —Tomba una mica el cap, com si aquest gest li millorés l'audició fonètica del nom—. Joa... Joa... Sona a nom exòtic. Mira, nena, jo continuaré dient-te com sempre, d'acord?

Capítol tercer

—Catorze d'octubre de mil nou-cents vuitanta-nou. Sóc en Jordi Boldú. Hi ha algun esperit que vulgui manifestar-se?

El silenci a l'habitació del Jordi és absolut. El xicot està assegut a la cadira plegable de lona negra. Damunt el llit, amb cara d'avorrida, hi ha la Gisela. Al seu costat, mastegant un xiclet, l'Oriol Mir. A terra, repenjat contra la paret i fullejant una revista, seu el Xavier Pinyol. L'habitació, no gaire gran, està literalment empaperada amb pòsters de cantants i de cotxes de fórmula 1. Amb la porta tancada hermèticament, l'ambient és xafogós. A més, des de fa un parell de dies, han tornat a pujar les temperatures, que ronden els vint-i-dos graus.

El Jordi manté un dit alçat en l'aire per recordar als seus companys que, durant dos minuts, han d'estar muts i a la gàbia, i aguanta amb delicadesa el micròfon amb l'altra mà. L'estri està connectat a una radiocassette de marca japonesa que, tot i essent de petites dimensions, és summament fiable i enregistra, segons ell, a meravella.

Transcorreguts els dos minuts, el noi pitja la tecla de *stop*. Rebobina i pitja el *play*.

....

Eleva el volum.

....

—T'has passat! Ja portes tres minuts! —El Xavier pica amb un dit l'esfera del seu rellotge.

—Punyeta! —El Jordi prem els llavis i es repenja amb força al respatller de la cadira—. No hi ha manera!

—Però, què et penses? Que els esperits són aquí esperant que tu els cridis? —diu la Gisela en to burleta.

—Teòricament, sí! Aquest estiu ho vaig veure fer. Ja us ho he explicat. I s'entenia molt bé el que deien.

—Potser aquella gent en sabia més —apunta l'Oriol.

—No es tracta de saber-ne més o menys —el Jordi fa una ganyota de disgust—, sinó de captar. De ser antena, sensitiu. Ja us ho vaig explicar l'altre dia, allà al cementiri.

La Gisela s'inclina cap endavant abraçant-se els genolls.

—Però, a veure —diu—... aquestes veus, què són?

—No se sap. —El Jordi estira les cames tant com pot. El satisfà fer-se l'entès i, sense adonar-se'n, parla en to solemne—. Jo he llegit molt sobre aquest tema i tots els autors diuen el mateix, o sigui, que no ho saben. Però tots estan d'acord que es tracta d'una energia intel·ligent.

—A mi em sembla que això té una explicació molt més senzilla —diu el Xavier—. Simplement, agafes una interferència, com passa amb el telèfon, que estàs parlant amb algú i et surt una veu pel mig.

—S'ha comprovat que no és això —rebat el Jordi—. Ni tampoc és un fenomen de telepatia ni de ventriloquia inconscient. Fins i tot s'ha descartat la teoria de les restes anímiques en paral·lelisme amb els principis psiquàntics.

—El què, què, què...?

El Jordi esbossa un ampli somriure.

—És una teoria segons la qual hi ha restes anímiques voleiant per l'ambient.

—Com ho han comprovat? —sembla que la Gisela es vagi engrescant.

—Fent estudis i proves. Si hi ha gent que fa més de vint anys que estudia el fenomen de les psicofonies! I mireu, una interferència, com diu el Xavi, no pot ser, perquè les respostes que s'aconsegueixen són intel·ligents, o sigui que tenen una coherència amb la pregunta que s'ha fet.

—Però es pot parlar amb ells? —pregunta l'Oriol, sense abandonar del tot l'aire d'avorriment.

—Sí, és clar. Fins i tot els investigadors recomanen que es faci una llista de preguntes complicades, bé, vull dir de temes complexos, i que se segueixi una metodologia. El que emprenya els esperits és que els preguntis bestieses, com quina és la matrícula del cotxe de la meva mare o animalades així.

—I llavors, què se'ls pregunta? —fa la Gisela.

—Doncs... —El Jordi deixa el micro amb què jugava al costat de l'aparell i s'aixeca. Va cap a la seva taula de treball, obre un calaix i en treu un llibre i una llibreta. Torna a seure, fulleja la llibreta i diu:

—Aquí en tinc algunes d'apuntades. Eren les que feien aquell grup de Castelldefels d'aquest estiu. Escolteu:

«És veritat, la psicofonia?»
«És mentida, la psicofonia?»
«Aconseguiré resultats, jo?»
«Hi ha una altra vida després de la mort?»
«Qui sou?»
«Sou esperits?»
«Esteu bé?»
«Com és el lloc on sou?»

«Veieu Déu?»
«Teniu poders?»
«Què hem de fer per ser a prop vostre?»
«Podem captar la vostra imatge per mitjans físics?»
«Aprovaré aquest curs?»

Els seus companys esclaten en una rialla i el Jordi aclareix:

—L'última pregunta, l'he afegida jo. Si tinc sort potser m'ho diran.

—Ostres! Seria fantàstic poder arribar a un pacte amb un esperit d'aquests i que ens avancés el temari dels exàmens! Us ho imagineu? —riu la Gisela.

—M'hi apunto! —crida l'Oriol—. Jordi, compta amb nosaltres per als teus experiments. Ens els hem d'enrotllar com sigui.

—Vinga, parleu seriosament. Què us han semblat?

—Bé... —El Xavier s'arronsa d'espatlles—. Però... Van contestar?

—A algunes preguntes, sí. —El Jordi consulta de nou la llibreta—. A «És veritat, la psicofonia?» Només van quedar enregistrats uns cops forts, com si algú hagués picat una taula amb la mà plana. A «Sou esperits?», van respondre: «Tu també ho seràs». A «Veieu Déu?»: «Quina pregunta!» A «Teniu poders?»: «Ara no», i a les altres, res. A vegades algun murmuri, cops, però res que s'entengués.

—Òndia, que fort! —exclama la Gisela—. M'encantaria que a mi em sortís una cosa així.

El Jordi la mira ràpidament:

—Això és el que jo vull! Podríem fer un equip. Repartir-nos llocs, constatar resultats...

L'Oriol llança el xiclet a la paperera i en desembolica un de nou que s'ha tret de la butxaca.

—A mi em fa gràcia —diu—, però per posar-m'hi així, en ferm, no. És que no m'ho acabo de creure.

El Jordi el mira, ofès.

—Home! Gràcies! Dubtes de la meva paraula?

—No és això, Jordi. Però aquella gent que dius et podien haver enredat. Tots eren més grans que tu, oi?

—Sí, però això no hi té res a veure.

L'Oriol rebrega el paper del xiclet fins a fer-ne una boleta i l'envia a fer companyia al d'abans.

—Sí que hi té a veure —rebat l'Oriol, indiferent—. I a tu és molt fàcil enredar-te, perquè t'ho creus tot. No ets crític. No et qüestiones res.

El Jordi s'ha aixecat. I, molt empipat, engega:

—Si m'has de venir a insultar a casa meva, ja pots fotre el camp!

L'Oriol no es mou, però mira els seus companys. Potser espera que li donin suport. Mes, tant la Gisela com el Xavier romanen callats.

—Au, Jordi, no t'emprenyis, home! —diu finalment l'Oriol, en to conciliador—. No se't pot dir res!

—Ara sóc jo, qui no et vol al grup d'investigació! —El Jordi ha estirat bruscament el cable i està enrotllant el micròfon. En aquest moment s'obre la porta i la mare del noi treu el cap. Mira el fill, mira l'aparell i mira els amics. Acaba d'obrir la porta del tot i diu, en to sec:

—Jordi. Aquí, a casa, no vull experiments d'aquests. Ni psicofonies ni *oui-jas* ni cap tipus d'espiritisme. Ha quedat clar?

* * *

A la Via Laietana, gairebé davant de la comissaria central de la policia, hi ha un edifici antic i brut que, des de fa temps, han habilitat només per a oficines. Al quart pis, tercera porta, el Medina hi té el seu despatx. És un espai de trenta metres on, malgrat l'altura respecte al carrer, arriba perfectament el soroll dels cotxes, les frenades violentes, els concerts de botzines i el xiulet estrident dels cotxes de la policia quan han de sortir a fer un servei. També la pol·lució hi és present, en forma de polsim negre que s'enganxa pertot arreu.

Quan falten deu minuts per a les vuit de la tarda, el Medina arriba al seu despatx. Fins als disset anys va alimentar el somni de ser jugador de bàsquet. Als divuit, ja convençut que no passaria mai del metre seixanta d'estatura, va buscar-se un altre somni. Seria director de cinema. Revolucionaria el setè art. L'art no es mesura per l'estatura física de la persona, sinó per la grandesa del seu talent. Tothom s'inclinaria davant seu.

La humitat i la xafogor que fa aquests dies se li fica al moll dels ossos. «Recony! Sembla que siguem a l'estiu!», rondina en veu baixa mentre surt de l'ascensor i es fica la mà a la butxaca del darrere per agafar les claus. Al replà, la sensació d'engavanyament s'accentua. Potser és per la llum migrada que ve de l'única bombeta encesa de les dues que conté el portalàmpares. O perquè les parets són de color marró fosc, envellides, escrostonades. Tot ajuda a sentir-se incòmode.

Malgrat tot, avui el Medina fa una expressió més relaxada. Els solcs profunds, que li baixen des de l'entorn dels narius fins a la barbeta, no tenen el gest amarg de cada dia. El front sembla més serè. Es veu que està content. En té motius, de fet. Després de tants anys d'intentar-ho, ho ha aconseguit: la productora per a la qual treballa com a guionista de forma quasi exclusiva, li ha encarregat una sèrie. Vint-i-sis episodis sobre una idea pròpia, original. Per un temps s'ha acabat, de fer de «matat», de pur «matxaca». Farà guions, sí, però sobre un tema propi. El somni de qualsevol guionista.

Encén el llum i s'atura pensatiu davant l'ordinador. Quantes frustracions ha cremat davant d'aquesta pantalla! Ara haurà de fer un esforç i treballar els guions amb l'entusiasme d'un novell. Una oportunitat com aquesta no l'ha de deixar passar de llarg. Si li surt bé, potser podria parlar amb aquell realitzador de televisió que coneix, i intentar aixecar el projecte d'un llarg-metratge... Mou el cap. En aquestes alçades no s'ha de somiar. Ja no té edat. La remor llunyana d'una sintonia de ràdio que anuncia el bloc de notícies de les vuit de la tarda el retorna a la realitat. Es treu l'americana i la llança damunt d'una cadira. Obre la porta d'un armari auxiliar i n'agafa un got i una ampolla de whisky. Se'n serveix sense mirar prim. I, amb el got a la mà, seu rere la taula.

Ara necessitarà la col·laboració de la Joa més que mai. Repapat a la cadira i sense deixar el got, espera que arribi. La mossa acostuma a ser força puntual. Li va fer un bon favor, en Paulí Doscentscinquanta. Un favor que li deu. Perquè ara, sense el Paulí o la Joa, ho tindria cru, per escriure la sèrie. Els diàlegs sempre han estat el seu punt flac. Casum l'ou! Ell té memòria fotogràfica. És capaç de descriure fins el darrer detall del que hi ha en una habitació. La façana sencera d'un edifici. Qualsevol cosa que veu. Si fos dibuixant no hauria de consultar cap llibre per documentar-se. Però ell, potser per la llei de l'equilibri, no té memòria auditiva. No reté les paraules. Per molt que intenti recordar com s'expressen aquest o l'altre, no ho aconsegueix. Per ell, tothom parla de la mateixa manera. I no és cert. Un advocat fa servir un vocabulari concret i específic. Ho té comprovat. N'ha fet proves. La mateixa història l'ha feta explicar per persones que pertanyen a mons i classes socials diferents. I cada vegada ha obtingut registres diversos. En una pel·lícula, el diàleg és bàsic, vital. Les porteres no parlen com les executives, ni aquestes com les secretàries. Cada món té el seu argot, les seves expressions, els seus girs, el seu vocabulari...

Fa un glop llarg i sospira a fons. Quan va fer els guions d'aquella sèrie de lladres i serenos, va suar tinta. No se'n sortia. El productor mateix li ho va dir llançant-li els fulls a la cara:

—Que no has sentit mai com parla, la bòfia? Què et penses, que un interrogatori és una classe de literatura? Recony, Medina! Si no saps fer un guió dedica't a una altra feina!

Es va haver de ficar l'orgull al cul. I no va engegar aquell fill de sa mare a prendre vent perquè necessitava la feina i els calés. És clar que en sap, ell, de fer un guió! I en pot ensenyar a més de quatre! Però ser guionista no vol dir ser dialoguista. Els ianquis ho tenen molt ben diferenciat, això. El senyor que fa guions, fa guions i prou. I el senyor que fa diàlegs, fa diàlegs i prou. Així fan les pel·lícules i les sèries, ells! Impecables! I no com aquí, que una sola persona fa tots els papers de l'auca i per quatre xavos, només.

Fa un glop llarg. Recordar aquella situació encara té el poder de crispar-lo. Però va ser arran d'aquella maleïda sèrie, que va trobar la solució.

Va ser una nit, quan tip de cremar-se davant la pantalla va sortir a esboirar-se. Va anar a petar en un bar de mala mort del districte cinquè. Meuques i macarrons a dojo. Els crits, les rialles, els comentaris i les expressions anaven que volaven. Hi havia un noi jove que es movia en aquell ambient com si fos a casa seva. Era un tipus simpàtic i ell el va convidar a beure. El xicot va acceptar. I ell, de tan pet com anava, va acabar plorant a raig fet davant d'una ampolla de conyac i d'un desconegut, i vomitant tot el fel que duia al pap. El paio es va presentar com en Paulí Doscentscinquanta, fill del districte cinquè, criat en un lloc el nom del qual no volia ni recordar, llevat del cognom que li havien posat. Va reaccionar com si eixugar les llàgrimes d'algú fos el seu pa de cada dia. I li va dir:

—Cap problema, tio. Aquí, el Paulí Doscentscinquanta, al teu servei. Què vols? Xerrameca de la bòfia? Delacions dels confidents? Sentir cantar els xoriços? Deixa-m'ho a mi.

El tracte va ser molt ràpid. El Paulí enregistraria les converses d'allò que necessités i:

—Tu em pagues trinco-trinco per cada cinta que jo et porti. Fa, la cosa?

El Medina va acceptar a ulls clucs. I el sistema va funcionar durant força temps. Li sortia molt car, però el Paulí no fallava mai. Com aconseguia els enregistraments, no ho va saber mai, ni li interessava. És més: li convenia no saber-ho, per si anaven mal dades. Gràcies al Paulí Doscentscinquanta, la sèrie de policies i lladres li va sortir rodona. Fins i tot el productor va comentar alguna vegada l'encert de determinades frases, expressions, paraulotes, ressaltant la versemblança de les converses...

—Semblen de debò —va precisar.

La patacada li va venir el dia que el Paulí li va dir que guillava de Barcelona, que tenia un negoci entre mans que el duria al Marroc. Però que no es preocupés.

—Jo no deixo els clients penjats. Té aquest nom i aquest telèfon. La noia t'ho farà bé. Hi pots confiar.

Al paper hi havia un nom escrit amb una cal·ligrafia tan dolenta que evidenciava poc hàbit en aquesta ocupació. Però s'entenia prou bé: «Joa, telèfon...»

L'estridència del timbre de la porta es filtra com un dard entre els seus pensaments. El Medina els enretira amb un gest mecànic i s'aixeca.

Encara amb el got a la mà va cap al petit rebedor i obre la porta.

Capítol quart

—Endavant, Joa.

La Joa entra, va directament cap a la cadira de davant la taula i s'asseu. Avui duu els cabells recollits amb un passador daurat que té forma de papallona. I té un aire tan innocent i candorós que el Medina es diu a si mateix, per enèsima vegada, que caldria assegurar-se que la mossa tingui, realment, divuit anys. Que si l'ha enganyat i és menor d'edat, segons com, encara podrien buscar-li raons.

—Què és, això tan interessant que m'havies de dir? —pregunta la noia mentre obre la seva bossa i treu un paquet de mocadors de paper.

El Medina, sense precipitar-se (no ha de donar a entendre que això és molt important per a ell), agafa un encenedor de damunt la taula i encén un cigar. Després, tot deixant anar una bafarada de fum, diu:

—Doncs és... una feina interessant i... molta pasta a guanyar si treballes bé.

La Joa guarda el paquet dintre la bossa sense haver-lo obert i, amb habilitat, sense que l'altre se n'adoni, acciona el mecanisme d'una petita enregistradora que duu amagada. Alhora, amb naturalitat, pregunta:

—De què es tracta?

El Medina beu un altre glop i deixa el got. S'eixuga la boca amb el dors de la mà. La noia l'està mirant fixament. Quina cara tan estranya que té, aquest home! Un rostre exageradament prim i allargat. Uns llavis inexistents, com si, en néixer, li haguessin fet un tall amb una fulla d'afaitar, només per poder-se alimentar i expressar-se. I uns ulls enfonsats i gairebé coberts per unes parpelles greixoses i flàccides. Quina edat deu tenir? Quaranta anys? Cinquanta? Realment, és força desagradable.

El Medina, aliè al judici a què està essent sotmès, juga amb un bolígraf com si necessités ajuda per concentrar-se.

—Es tracta d'una sèrie sobre adolescents —diu en to neutre—. Concretament, gent d'institut, ben normal, com la que hi deu haver al teu institut.

—Ah, sí? —fa la Joa, entre sorpresa i divertida.

—Sí. I ja et deus imaginar de què va: embolics. Peripècies entre alumnes, entre professors i entre alumnes i professors.

—I tu vols que sigui ben autèntic.

—Encara més que això. Vull que sigui ben real. —S'aixeca i comença a voltar per la peça—. Mira, Joa, jo no tinc fills, ni nebots, ni veïns joves. No tinc cap adolescent a prop meu. Per tant... —Bufa fort i seu en una cadira davant la Joa—. No sé què pensen, les històries que es munten, en quines coordenades es mouen, què els interessa, de què passen. —Torna a aixecar-se—. L'única cosa que sé, pel que veig al carrer, a les botigues, als bars i als semàfors, amb aquestes motos que els han comprat els papàs, és que són mal educats i impertinents, arrogants i vanitosos. Però res més.

La Joa, com si s'hagués sentit assenyalada, adopta una

actitud digna i estirada. I pregunta en un to expressament impertinent:

—I de qui ha estat, aquesta idea brillant?

El Medina la mira una mica de reüll.

—Meva —diu. I se la queda mirant tot esperant la seva reacció. La Joa esclata a riure.

—És el tema que està de moda. Allò que ara interessa! —assegura l'home amb una energia barrejada amb mal humor concentrat—. Només cal que facis un cop d'ull a la llista d'espectacles. Què hi trobaràs? Pel·lícules estúpides i cursis protagonitzades per adolescents i destinades també a ells. El nen maco fent bajanades i la nena maca que canta i balla, i tots vosaltres com xaiets, apa, a fer cua per veure'ls. A la televisió passa el mateix. Els americans han descobert que el seu públic té entre quinze i trenta anys. I què fan? Doncs donar-vos carnassa. Totes les productores van com boges inventant històries en aquesta línia...

Sospira i torna a la seva taula. Es deixa caure a la butaca. Ha recuperat el seu etern gest vinagrós.

—Per això se'm va ocórrer de fer aquesta proposta —diu—. I me l'han acceptada. Ho faràs?

—Què vols, exactament?

—Tot el que puguis arreplegar. Converses, situacions, conflictes i —la mira fixament— el teu assessorament. Treballarem plegats.

—Jo no sé escriure guions —diu la Joa.

—No vull pas que n'escriguis; vull que llegeixis el que jo escric i que em diguis si és correcte o no. Vull que em parlis del que feu la gent de la teva edat. On aneu... En fi, ja veus què vull.

—Què em donaràs?

—Molta pasta. Abans, però, de concretar aquest punt,

he de saber si hi estàs d'acord i veure com ho estructurarem.

La Joa vacil·la uns instants; després diu:

—Això és complex...

—T'ho pagaré bé.

—No es tracta d'això, només. Estic pensant com... —Es decideix bruscament—. Bé, d'acord. Les cintes transcrites com sempre?

—Sí.

La Joa es mossega pensativament un llavi. L'altre la mira i no diu res.

—Això portarà molta feina —diu la noia al cap d'una estona—. Hauré de...

El Medina estira el braç amb la mà ben oberta, aturant-la:

—Ep! No m'expliquis com ho faràs. No ho vull saber.

—No ho anava pas a fer —respon ella, fredament—. Volia dir que hauré de combinar-ho amb els estudis. Em sembla que aquest curs hauré de treballar molt. Per quan ho necessites?

El Medina es redreça a la cadira. Li és franc o se n'assegura? Opta per la segona possibilitat.

—Hauria de tenir el programa pilot per d'aquí a un mes.

—Un mes... —repeteix la Joa—. Tens la història, ja?

—L'argument? —El Medina es tomba una mica per agafar una carpeta de damunt de la taula—. Sí, és clar. Un resum del projecte, d'unes cinquanta planes, i un altre dels vint-i-sis episodis. —La hi dóna—. Aquí ho tens tot. Fes-hi una ullada i veuràs quina és la informació que necessito.

La Joa agafa la carpeta. Fa el gest d'obrir-la però se'n desdiu.

—Me'n vaig. —I s'aixeca—. Ah! Ja m'han posat el telèfon. Si vols apuntar-te el número...

—Sí, digues...

El Medina pren nota. I, en un intent de mostrar-se amable, li comenta:

—Així que ja t'has traslladat...

—Sí, ja fa més d'un mes.

—I què? Estàs bé?

—Molt.

—Però, vius sola?

La Joa el mira. No li agrada, aquest home. I no n'ha de fer res, de la seva vida.

—No —menteix—. El comparteixo amb unes companyes de l'institut.

—Fantàstic! Els podràs treure força suc, eh?

El Medina l'acompanya fins a la porta. Fins que no estigui sola i al replà, la Joa no aturarà el funcionament del petit magnetòfon.

* * *

A cop d'ull ningú no s'adonaria del micròfon unidireccional que hi ha amagat entre les fulles ufanoses de les cintes, les sisques, i d'altres plantes que prenen la llum i el sol rere el finestral de la galeria. De fet, cap veí no s'ha adonat que és espiat sistemàticament i que les seves converses són enregistrades.

Si ho sabessin, a més d'un se'ls posarien els pèls de punta perquè, ja se sap, en la intimitat de la llar es xerra de moltes coses, coses que potser, si se sabien, farien perillar la feina, l'honor i fins i tot, la integritat física.

Si la noieta del quart, per exemple, model de virtut als ulls dels seus pares, sabés que la seva primera —i amagada— experiència sexual, narrada amb tot luxe de detalls a la seva amiga més íntima en el clos segur de la seva habitació, és en mans d'una tercera persona, totalment desconeguda, es quedaria aterrida.

O el veí del segon, que, a cop de telèfon, a les nits, intenta una jugada bruta a la feina i busca aliats per assegurar-se-la.

Tampoc a la veïna del costat, una honorable mare de família amb dos fills adolescents alts i ben alimentats, que rep el seu amant els dimarts i els dijous a la tarda, mentre el marit fa un curset d'informàtica i els nois són a anglès, no li faria cap gràcia.

Que les parets tenen orelles és una frase vella i coneguda que el cinema i la literatura han ajudat a fer córrer. És per aquest motiu que el qui té res a amagar busca l'amplitud i la protecció dels espais oberts, allà on no hi ha parets ni sostres sospitosos d'amagar un micròfon. Qui no sospita, però, són aquells que les històries de lladres i serenos o d'espies que sorgeixen del fred, els queden lluny. Aquests xerren a casa, amb tota llibertat.

I les seves converses queden enregistrades.

El micròfon unidireccional, dels millors que hi ha al mercat, naturalment un mercat força tancat i restringit, a l'abast només dels qui saben com recórrer-hi, té una potència extraordinària, capaç de captar el murmuri més lleu a cinc-cents metres. L'aparell d'enregistrament, al qual està connectat l'estri, també és excel·lent. I els auriculars són un bon complement que no desdiu de la resta d'aparells.

Tot plegat és un bon equip que ajuda a fer bé la feina.

* * *

Al vestuari de l'institut, les portes s'obren i es tanquen amb l'energia que imprimeixen les adolescents als seus actes. Rialles, comentaris, crítiques, explosions d'alegria o de mal humor es barregen amb el vapor que surt de les dutxes i que es filtra per les escletxes. Ja s'han acabat les classes, per avui. A la tarda només hi tornaran els qui fan les classes de repàs de matemàtiques i els d'informàtica. Al racó de sempre, «el nostre racó», que en diuen, la Sandra, la Marta i la Mònica xerren i riuen esvalotadament. Són les últimes. Ja no hi queda ningú.

—Mireu les meves metes —diu la Marta, enretirant la tovallola amb què s'eixugava—. Vosaltres penseu que són metes com Déu mana?

La Sandra i la Mònica les miren i el riure es fa més accentuat. Els pits de la Marta són dos bonyets minúsculs, amb prou feines més grossos que els d'una nena de set anys.

—Sóc verge per obligació! —sospira la noia, amb un accent pretesament dramàtic.

—Doncs, mira jo! —salta la Mònica. I es treu els sostenidors—. Vols que te'n doni la meitat?

Els de la Mònica són grossos i, més aviat, flàccids.

—Has de fer gimnàstica, dona! —diu la Sandra—. Jo en faig des que em va venir la regla. Cada dia deu exercicis, així.

Es posa de cara a la paret a un mig metre de distància. Hi repenja les mans, a l'alçada de les espatlles, i s'hi deixa caure. Fa un parell de flexions i retorna, tot dient:

—Això, deu vegades cada dia. Va molt bé per als pectorals, que són aquests músculs d'aquí. Després, aquest altre.

Allarga els braços rectes davant seu. Inspira a fons i els separa tant com pot, fa un moviment de rebot i torna a ajuntar-los tot traient l'aire.

—Deu més. Va fantàstic!

—I això també els fa créixer? —s'interessa la Marta.

—Suposo que sí, però si vols ho preguntaré a la meva veïna. És que és esteticista, sabeu?, i ella m'ensenya coses d'aquestes.

—Sí, tu! Pregunta-li-ho. Perquè si als disset anys encara els tinc així... — i fa una ganyota.

—Molt bé. De totes maneres...

En aquest moment s'obre la porta d'un dels lavabos i en surt la Joa.

—Hola! —saluda.

—Ui! Em pensava que no hi havia ningú! M'has espantat! —protesta la Marta.

—Ho sento. Se m'havia encallat la cremallera dels pantalons.

Les tres amigues, que s'han quedat una mica tallades, miren com la Joa s'acosta a la pica. S'esbandeix les mans, se les eixuga als pantalons, es retoca els cabells i les mira, somrient.

—Per mi no feu —diu.

—No, si ja ens vestíem —diu la Mònica en un to de fastigueig. Perquè una cosa és ensenyar les intimitats a les amigues i una altra, que se n'assabenti mitja classe. Bé, la Joa no és mitja classe, però no és del grup.

—Bé, fins demà. Adéu! —La Joa s'ha penjat la bossa d'esport a l'espatlla i va cap a la porta.

—Que estranya que és, aquesta tia, oi? —diu la Marta assenyalant la porta amb un cop de cap.

—És simpàtica —respon la Sandra—. A mi em cau bé.

—Però és tan callada...

—Deu ser tímida. Mònica, passa'm les wambes. —La Mònica s'ajup, recull les wambes de la Sandra i les hi allarga—. A més, el curs passat anava a l'altra classe i ara es deu trobar desplaçada.

—No és de Barcelona, oi? —pregunta la Marta, en general. La Sandra s'arronsa d'espatlles:

—En què ho notes?

És la Mònica qui respon:

—En l'accent. Segur que és de Girona. És molt tancat, no t'hi has fixat?

—No.

—Jo, sí —diu la Marta—, perquè tinc oncles a Figueres i parlen igual.

—Ai, noies, sí que teniu l'oïda refinada! Jo no en pesco ni una. I ara que parlem d'oïdes... que anirem al concert del Loquillo? És aquest divendres!

A la porta de l'institut, la Joa coincideix amb el grup de la Gisela Asensio, el Jordi Boldú, l'Oriol Mir, la Núria Palmieri... Tots van a la mateixa classe. Però, malgrat el temps que ja porten de curs, ella continua aïllada dels companys.

—Adéu! —diu, no gaire alt.

—Adéu, Joa!

S'allunya pel carrer. El Jordi la segueix amb la mirada. La Núria se n'adona i li clava un cop de colze.

—Apa! T'agrada, eh?

El Jordi mou el cap significativament.

—Està molt bona. I té un aire tot misteriós... Hauré d'atacar a fons...

Capítol cinquè

El temps ha tornat a canviar i fa fred, avui. I més aquí, a Figueres, on el dia s'ha llevat rúfol i plujós. Els carrers de la zona industrial de la ciutat presenten la cara apacible dels dies festius. Pocs cotxes, poc moviment, persianes metàl·liques tancades... Per al Miquel Sierra, però, tant se val, que sigui dissabte. Ell, potser perquè no té dona per acompanyar al súper i carregar per tota la setmana, ni criatures per dur als partits de futbol o de bàsquet que es disputen els dissabtes al matí, ha anat a treballar com sempre. Assegut davant la seva taula repassa la facturació, els albarans, les comandes que s'han de preparar per ser lliurades als clients. Ha entrat al local per la porta de l'escala del costat, la petita; la que es fa servir quan la gran, la metàl·lica, és tancada.

Està tan absort en la feina que el timbre de la porta el sobresalta. Instintivament mira l'hora al rellotge de paret que té penjat gairebé davant la seva taula. Són tres quarts de dotze. Qui deu ser, a aquesta hora d'un dissabte al matí?

Obre la porta i s'endú una alegria. La seva germana

és al llindar. Amb una bossa d'esport penjada a l'esquena i un somriure càlid. L'abraça i la fa entrar.

—Poc que t'esperava avui —diu, content—. Com és que no m'has avisat?

—Volia quedar-me tot el cap de setmana estudiant —diu la Joa—, però m'han entrat unes ganes terribles de veure't, de ser aquí... Et destorbo?

El Miquel corre a treure unes carpetes de la cadira del davant de la seva taula.

—No, no! —diu—. Tu no em molestes mai. Vine, seu.

La Joa es despenja la bossa i la deixa a terra. Sense que el germà se n'adoni, es fica la mà a la butxaca i engega el petit magnetòfon que hi duu amagat.

—Què m'expliques? Com va tot? I el pis? T'hi trobes bé? Que tens cap problema?

La Joa riu:

—De mica en mica, Miquel. No puc contestar-t'ho tot a la vegada. Tot va bé. Els estudis, també. La primera avaluació l'he treta neta. Un pèl just, perquè tinc tres suficients, però vaja... —Tomba el cap i mira al seu entorn.

—Quants records que em porta el teu despatx... —diu. El mira i es posa a riure—. Encara recordo quan m'amagava rere la porta per escoltar què deies als clients.

—Sempre has estat una nena molt tafanera —diu el germà, apuntant-la amb un dit—. I quan jo t'enxampava, t'estirava les orelles.

—Em divertia sentir les explicacions que els donaves. Parles tan bé...

El Miquel es mou inquiet a la cadira i per enèsima vegada se sent envaït pel vell sentiment de culpabilitat que arrossega des de fa temps.

—Tens coses noves? —pregunta la Joa amb una indiferència aparent.

—S-ssí... Alguna cosa hi ha —respon el germà amb el mateix to desenfadat.

La Joa s'aixeca.

—Per què no m'ho ensenyes? —demana alegrement—. Ja saps que m'encanten, aquests ginys.

El Miquel vacil·la. No hauria d'enfrontar d'una vegada aquest problema? Nota els ulls clars de la Joa clavats en ell. No se sent capaç de res més que d'aixecar-se i d'accedir:

—Molt bé. Vine, t'ensenyaré l'expositor.

Surten del despatx. Creuen el magatzem i van cap a la banda est, on el Miquel va fer obres, ja fa temps, per condicionar una sala on exposa tot el material de components electrònics que ven.

La Joa s'atura davant el taulell on hi ha uns aparells molt petits, rectangulars, de la mida d'una capsa de mistos però un pèl més gruixuts.

—Què són? —pregunta.

—Minimicros subminiaturitzats. Sense fils. Tenen una gran sensibilitat.

—Quin camp cobreixen?

—Mil quatre-cents metres. I aquests d'aquí —assenyala el prestatge de dalt—, tres-cents metres.

—Caram! —fa la Joa despreocupadament—. I magnetòfons que s'activen per la veu, que en tens, ja?

—Sí, em van arribar la setmana passada. —El Miquel fa esforços per parlar amb naturalitat.

—M'agradaria molt de tenir-ne un!

—I què en faries? —diu el germà, forçant un somriure.

La Joa s'arronsa d'espatlles.

—No ho sé —diu—. M'agradaria tenir-lo... per tenir-lo.

El Miquel obre la boca, vacil·la i finalment, insegur, diu:

—Georgina... Encara tens l'equip que et vaig regalar?

Amb una mirada plena d'innocència, la Joa el mira:

—El magnetòfon gran? Sí. Em va molt bé per escoltar música.

—Georgina —el Miquel l'agafa pel braç suaument—, espero que no facis cap bestiesa.

La Joa parpelleja. Sembla francament sorpresa.

—A què et refereixes?

El Miquel sospira profundament i es passa la mà per la calba incipient que li aclareix els cabells.

—Res, deixa-ho córrer. Vols que anem a Roses, a dinar?

—Oh, sí! —fa la Joa amb un entusiasme infantil—. Amb aquest dia tan gris que fa, la mar estarà preciosa! Correrem per la sorra?

* * *

El mal temps és general a tot Espanya. Ja va dir l'home del temps que aquest cap de setmana s'esperaven pluges. I Cardedeu, el plàcid poble del Vallès Oriental, a trenta-cinc quilòmetres de Barcelona, també s'ha despertat sota un cel ben cobert.

El Jordi, però, no s'ha fet enrere de la decisió que va prendre ahir, quan va saber que passarien el cap de setmana a la casa de fora. Després d'esmorzar, guarda a la bossa d'esport el radiocassette i un parell de cintes verges.

—Me'n vaig a córrer una mica —crida des de la porta de casa.

—Vés amb compte! —diu la mare, rutinàriament.

—Però si és a punt de ploure —xiscla la Teresa, la germana petita del noi que, estirada al sofà, s'està empassant tota la programació matinal de la televisió.

El Jordi no es digna a contestar-li. Surt de la casa i va camí del garatge. Agafa la seva moto de fer trial, que és aparcada al fons, rere el cotxe, i maniobra per treure-la. En ser a fora, clava cop de pedal i surt fent xerricar les rodes.

Ha enfilat la carretera de Mataró i, en arribar al trencall que duu a l'ermita del Coll, tomba. Quan era petit hi anava amb els pares a fer excursions. Recorda la Torre del Moro com un indret ple de descobertes emocionants. Ara fa molt temps que no hi ha anat. Espera, però, que continuï tan solitari com abans.

El cel va enfosquint-se per moments. Si fa un bon ruixat quedarà ben galdós! Sort que ha pensat a endur-se un plàstic per tapar l'aparell!

Muntanya amunt, la motocicleta va guanyant terreny. El camí es confon, de vegades, colgat com està tot de matolls i bardisses. Mentre no es perdi...

* * *

Abans d'anar a dinar han passat per casa el Miquel per deixar-hi la bossa. No cal dur-la amunt i avall tot el dia. El xicot ha aprofitat també per canviar-se. I quan la Joa el veu tan mudat es posa a riure:

—Per què et poses tan maco?

—Perquè és festa i perquè vaig amb tu a un restaurant elegant.

—A Barcelona la gent ja no es muda, els dies de festa.

—Perquè en una ciutat gran es perden els costums i

les tradicions —respon el Miquel mentre es fa el nus de la corbata—. Per això, a mi que no m'hi busquin, allà. Tu ja t'hi has acostumat?

—Home, ja fa més de dos anys que hi visc. Sí, m'hi he acostumat i m'agrada. Ho tens tot tan a mà...! —la Joa deixa surant en l'aire la darrere paraula. Està repenjada al llindar de l'habitació del seu germà, amb els braços creuats damunt el pit, i afegeix, en veu baixa—: A la tarda, després de dinar, m'agradaria anar a la masia.

El Miquel es queda immòbil uns instants amb la vista fixa al mirall. Es tomba lentament cap a la noia i, mentre continua fent-se el nus de la corbata murmura:

—No crec que sigui convenient, nena. —I torna a girar-se de cara al mirall.

—Hi vull anar! —Ho diu, no com una exigència, sinó com una certesa.

—No t'afectarà? —El Miquel va perdent terreny.

Es fa un silenci. La Joa està mirant enllà a través de la finestra.

—Ja han passat prou anys, *d'allò*. Hi vull anar abans que no la venguis.

—Bé... Doncs no en parlem més. —Agafa l'americana i se la posa—. Anem, nena?

* * *

—Vint-i-vuit d'octubre de mil nou-cents vuitanta-nou. És un quart de dues de la tarda. Prova de psicofonia. Sóc en Jordi Boldú. Hi ha algun esperit que vulgui manifestar-se?

....

....

....

Quan ja han passat dos minuts, el noi atura l'enregistrament, rebobina i pitja el *play*. Apuja el volum.

....

....

....

Res, no hi ha hagut sort. Tornem-hi!

—Segona prova de psicofonia. Sóc en Jordi Boldú. Algú vol respondre a aquestes preguntes? Com us dieu? On sou? Aprovaré aquest curs? Si sou aquí i em contesteu, moltes gràcies.

—Cinquena prova de psicofonia. Aquesta tindrà una duració de quinze minuts. Sóc en Jordi Boldú. Hi ha algú, aquí? Si us plau, podeu contestar-me?

Les gotes de pluja es filtren entre el fullam dels arbres. En Jordi ha corregut a tapar l'aparell amb el plàstic. La Torre del Moro està tan enderrocada que no hi ha cap racó on aixoplugar-se. El noi intenta mantenir la calma i es tapa com pot amb l'anorac.

—Prova número deu. Sóc en Jordi Boldú i està plovent a bots i barrals. La mare que us va parir! Podríeu ser més amables i considerats, recony! Us dono tres minuts més. Si no veniu, ja us en podeu anar a parir panteres! He dit.

—Mare, mare! El Jordi ja és aquí! Ja ha arribat!

La Teresa té el nas enganxat al vidre de la finestra. La mare, portant la cassola a taula, rondina:

—Ja era hora!

El pare, que està atiant el foc de la llar per fer-hi brasa i coure la carn, pregunta:

—Però, on ha anat amb aquest temps?

—A fer un tomb, m'ha dit! —contesta la mare eixugant-se les mans al davantal.

—Ha anat a fer psicofonies —xerra la germana petita—. Ahir vaig veure que guardava el radiocassette a la bossa. Ui, mama, digues-li al Jordi que em deixi anar amb ell! És un burro! Sempre em diu que no.

La mare, abans de desaparèixer a la cuina, alça la mà i l'amenaça:

—Si sé que feu aquestes coses us escalivaré a tots dos. Ja m'has sentit i el teu germà també em sentirà.

La porta s'obre. I el Jordi, xop de dalt a baix, apareix al llindar. Fa una cara d'empipat que no es pot aguantar.

* * *

Des de dintre el cotxe, vista a través del vidre moll, la silueta de la masia apareix distorsionada, i el paratge que l'envolta, desolat. Els eixugavidres van decantant rítmicament la cortina d'aigua amb un soroll monòton i breu.

El Miquel ha aturat el motor. Sense posar-se d'acord, tots dos s'han quedat mirant fixament la que va ser la seva llar des que van néixer fins fa quatre anys. Tots dos s'han aïllat dintre els seus respectius núvols de records. Finalment, el Miquel diu:

—Estàs segura de voler-hi entrar?

—Sí. —Sospira la Joa—. No portes paraigua?

—No. Com que en sortir de casa no plovia, no he pensat a agafar-lo. Però acostaré el cotxe fins a la porta. No ens mullarem gaire.

L'aparca tan arran que la Joa té feina per sortir-ne.

—Espera't —crida el Miquel. I corre a obrir la porta.

—Ara pots entrar. —I s'espolsa l'aigua.

L'olor de la casa és el primer que rep la Joa quan entra

al vestíbul. És una olor familiar, però hi falta un component: el fum de la llar de foc. L'olor de la llenya cremant-se. Aquest component ha estat substituït per l'olor de tancat. D'humitat. De resclosit.

—S'hauria d'airejar —diu el Miquel en to neutre. I la Joa sap que ha rebut la mateixa impressió que ella.

—Vaig a donar la llum.

L'armariet del comptador és al rebedor, al racó de paret de mà esquerra. La Joa, però, no ha esperat a veure-s'hi per encaminar-se al gran menjador on tot, ho pot veure ara, quan el Miquel ha accionat l'interruptor de la llum, roman exactament igual que quan vivien aquí tots plegats.

* * *

—Dona! A mi em sembla que no n'hi ha per posar-se així! —El pare del Jordi treu les graelles del foc per posar-hi la segona tanda de costelles de xai—. No sé quin mal hi ha, si el noi vol fer aquestes coses. No veus que tot plegat són bajanades?

—No són bajanades! —protesta el Jordi amb la boca plena.

—Convoca els morts! —salta la mare immediatament—. Això és fer espiritisme! I no m'agrada!

En el mateix to calmós, el pare diu:

—Això és jugar, dona!

—No és jugar! —crida el Jordi—. Hi ha molta gent seriosa que ho fa. I a mi m'agrada molt! És molt interessant.

—Mentre això no et distregui dels estudis, jo no hi tinc res a dir. —El pare deixa les tenalles a terra i seu a taula.

—Molt bé, vés-li donant corda, tu! —fa, escarafallosa,

la mare—. Però a mi no m'agrada que jugui amb els difunts. Ho trobo molt perillós.

La Teresa, en veu baixa, diu al seu germà:

—Jordi, que em deixaràs venir amb tu un dia?

—Nooooo!

* * *

Després de visitar totes les estances de la masia, la Joa s'ha aturat al llindar de la porta que duu a les golfes. El Miquel, que l'ha seguida pertot arreu sense badar boca, l'agafa per l'espatlla, protector, i li diu en veu baixa:

—T'estàs torturant. No t'hauria d'haver escoltat.

La remor de la pluja arriba esmorteïda a través dels vidres i la teulada.

—Hem tingut mala sort, oi, Miquel? —mussita la Joa reclinant el cap a l'espatlla del germà. Ell l'estreny amb força.

—No som pas els únics que han sofert desgràcies familiars —respon ell molt suaument—. A d'altres els va passar el mateix que al pare.

—Encara no entenc com va poder caure sota el tractor.

—Va relliscar. Eren en un mal lloc. En Cesc de ca l'Ample va perdre les cames així. No ho recordes?

—Sí... Però allò de la mare...

El Miquel l'estreny més i la interromp:

—Xxxxt! Calla, no ho diguis. Si poguéssim saber què passa a l'interior de les altres cases, t'adonaries que no som cap excepció. Apa, nena, anem.

La Joa es deixa dur com un infant. Té els ulls plens de llàgrimes.

Capítol sisè

A l'hora d'esmorzar, com la majoria dels seus companys, la Joa acostuma a sortir de l'institut i a anar a la granja a fer el cafè amb llet i l'entrepà.

Avui, dilluns, no és cap excepció. Mentre el cambrer li prepara l'entrepà de llonganissa, la Joa, sola en una taula, aprofita per repassar els apunts d'història. Tot i estar capficada, s'adona que algú enretira la cadira del davant i alça el cap. El Jordi Boldú, amb un somriure que li va d'orella a orella, li està dient:

—Et fa res que segui aquí?

La Joa assenteix amb un somriure insegur. Ja fa dies que ha notat que el Jordi, que a classe seu dues taules més enrere, la mira i es mostra molt amable quan coincideixen als passadissos o a la porta.

—Com ha anat el cap de setmana? —fa el Jordi desembolicant un entrepà enorme, gairebé una barra de quart.

—Molt bé —respon ella, fluixet.

—Jo, passat per aigua. Vaig anar a fer unes psicofonies, saps? —Ho ha dit fingint naturalitat però mirant-la amb ànsia per veure si l'ha impressionada.

—Unes què? —fa la Joa.

—Psicofonies. Enregistro veus que hi ha en l'aire. Hi ha gent molt important que ho investiga.

—I tu, també? —La Joa se'l mira amb curiositat. «És maco, aquest noi», pensa. «Té una cara molt simpàtica, d'expressió viva. I queda divertit, amb aquests cabells tan curts als costats i el serrell que se li dispara cap endavant, com si fos una visera.»

—Sí, jo vaig fent el que puc —diu el Jordi en to de perdonavides.

—Però, què enregistres? —s'interessa ella. I el xicot s'adona que l'interès és real, no fingit.

—Ja t'ho he dit, veus. A vegades només diuen «sí», «no», però d'altres, són frases senceres, cops, sorolls o trossos de música.

La Joa es passa la mà pels cabells fent-los caure tots cap a un cantó, i roman amb el cap lleument inclinat.

—Ah! —fa agafant l'entrepà que li acaba de dur el cambrer—. Veus no, però sorolls sí que és normal sentir-ne en una cinta, i música també. Això és perquè la cinta, encara que sigui verge, ha agafat magnetisme per vés a saber què.

El Jordi obre molt els ulls.

—Ostres! Que t'ha passat mai, això?

—Això? —repeteix la Joa que no entén a què ve tanta sorpresa—. Sí. Moltes vegades. Però no en faig cas. Enregistro al damunt i llestos.

El Jordi deixa l'entrepà damunt la taula i movent molt les mans, per ajudar-se a expressar, articula:

—A veure, a veure... Anem a pams. M'estàs dient que tu has enregistrat cops, sorolls i trossos de música?

—Sí.

—I no n'has fotut cas!

—No.

—Però, nena... —El Jordi la mira, emocionat—. Que no te n'adones? HAS FET PSICOFONIES INVOLUNTÀRIES!

Ho ha dit tan fort que tots els presents a la granja callen i se'l miren. Dues taules més enllà, hi ha el seu grup d'amics i la Gisela comenta en veu baixa:

—Mireu-lo! El Jordi ja ataca!

El Jordi, indiferent a l'expectació que ha causat, bota literalment a la cadira. La Joa, en canvi, s'encongeix.

—Això és fantàstic! És meravellós! Vol dir que tu ets una persona sensitiva. Que captes, que els crides... —Ben atabalat, allarga la mà i tomba el got de coca-cola.

—Ai! Mira què has fet! —diu la Joa, aixecant-se immediatament perquè el líquid, com un petit riu, anguileja per la taula i degota cap a terra.

—Ostres! Quin greu que em sap! —Matusserament, el Jordi arrenca, més que no agafa, quatre o cinc tovallons de paper de l'estoig i intenta eixugar la taula—. No ha passat res. Perdona. T'has tacat?

Sense seure, la Joa es mira la faldilla.

—No.

—Encara sort! Ostres, tu! Ho sento, de debò! És que això que m'has dit és molt important, saps?

Tornen a seure. Però el temps passa que vola i al Jordi li queden mil preguntes encallades a la gola; per això, quan surten per tornar a classe, li demana:

—Et faria res que en sortir en parléssim una mica més?

La Joa, que no pot evitar sentir-se intrigada, accepta.

—Bé. A la sortida.

* * *

El Miquel ho ha descobert aquest matí. De fet, li ho ha dit la secretària:

—Senyor Sierra, vostè va treure ahir els micròfons nous de l'expositor?

Amb el *no* a punt de formar-se-li als llavis, ha callat. I, tot i sabent-ne la resposta, ha preguntat:

—Vol dir els petits, els últims que vam rebre?

—Sí, senyor.

S'ha tombat d'esquena tot fent veure que buscava unes carpetes a l'arxivador metàl·lic. Mai no ha sabut dir mentides. És dels qui se'ls hi nota a la cara. I en aquesta postura, respon:

—Sí. Prepari'm un albarà de sortida.

—Sí, senyor.

Quan la secretària ha sortit del despatx, el Miquel se sent com si li haguessin carregat un sac de sorra a les espatlles. Es passa la mà per la cara. Per què ho deu haver fet, això, la Georgina? De sobte, dut per un impuls, s'aixeca i a pas ràpid creua el magatzem i va a la sala de les vitrines. Allà troba la secretària amb un bloc a la mà, prenent nota.

—Són sis micròfons i sis enregistradores petites, de les que s'activen per la veu, oi, senyor Sierra? —li pregunta la noia sense alçar la vista del paper on escriu.

—Sí —respon el Miquel amb la veu desmaiada.

—Vol firmar?

Ha tornat al seu despatx a poc a poc. La pregunta li repica al cervell amb la insistència d'una cançó d'estiu empalagosa. Per què ho deu haver fet, sa germana? Què es deu proposar? En arribar a la porta del seu despatx hi cau: fa cosa de nou mesos va desaparèixer del magatzem un micròfon unidireccional. El model més potent i sofisticat de què disposava en aquells moments. Van acusar del robatori el xicot dels encàrrecs. La policia va escorcollar la seva casa i no en van trobar proves. Malgrat la seva aparent innocència, el noi va ser acomiadat.

El Miquel seu a la gastada butaca de pell negra. Es troba malament. Comença a sentir-se punxades a l'estómac. «És possible», es pregunta, «que allò del micròfon unidireccional fos també obra seva?» Déu meu! Un xicot acomiadat per una falta no comesa, i un micròfon com aquell en mans d'una malalta! Perquè la Georgina està malalta. Mai no ho ha volgut reconèixer, però ja és hora de prendre una decisió.

La mà li tremola; tot i així agafa l'auricular del telèfon i marca el número del doctor Subirana. Un bon amic i un excel·lent psiquiatre.

* * *

El Jordi i la Joa caminen sense pressa pel passeig Maragall. El mal temps encara fa de les seves i ara, tot i que no plou, el sentit comú aconsella no refiar-se'n. Per la mateixa vorera transiten, a pas ràpid, mestresses de casa que s'afanyen per arribar a casa i acabar de fer el dinar, venedors amb feixucs maletins de cuiro fosc, executius, mossos que carreguen i descarreguen de les furgonetes que hi ha aparcades en doble fila, nens i nenes que tornen de l'escola, xerrant i rient. Els semàfors repeteixen monòtonament el canvi de color i els cotxes, impacients, desgasten embragatges i benzina en un intent de sortir els primers per avançar, amb prou feines, un parell de metres i tornar a frenar.

El Jordi roman totalment alliè al brogit que ressona al seu voltant. Per a ell ara, en aquests moments, no hi ha res més al món que la Joa. Aquesta companya de classe que té gairebé al seu costat durant el curs, i que està dotada d'unes facultats que ell malda per posseir.

Atropellant-se, embarbussant-se de vegades, confonent tecnicismes i paraules, li ha abocat en deu minuts tot el que va fer aquells dies d'estiu passats amb uns oncles a Castelldefels. Com va conèixer aquell grup...

—Eren sis, saps? Quatre tios i dues ties. Gent fantàstica, tu!

... Com va ser que es va integrar en els seus experiments...

—I jo, que faig moto-cross, em vaig endur la moto i corria per la muntanya, brrrrmmm, brrrmmm, quan de cop i volta me'ls veig allà al davant, quiets, callats... Semblava que vetllessin un mort.

... La descoberta, per a ell apassionant, del món de l'ocultisme, de la paraciència, de l'esoterisme, de la parapsicologia...

—És que és tan interessant! Aquesta gent només feia psicofonies, era la seva especialitat, però em van explicar cada història de cases encisades, de l'efecte de les ones tel·lúriques, de la força mental, de la reencarnació. Vaig al·lucinar, tu!

La Joa l'escolta amb interès, divertida. És maco, aquest noi. I és espontani. N'hi ha pocs com ell. I això que explica sí, sembla interessant. Encara que sona una mica a conte de fades.

—Fixa't! Saps què em van dir? Doncs que ara, els americans estan gastant-se pasta llarga a buscar persones que tinguin condicions telepàtiques per preparar-les com a espies. T'imagines? És destrempant, oi? Tu ets amb una persona i ella sap perfectament tot el que estàs pensant. Recoi! Amb algú així no hi ha secrets que valguin!

Han travessat el carrer Navas de Tolosa i han trencat

per Juan de Garay. Ara el Jordi es fica de ple en el tema que l'obsessiona, les psicofonies, i quan més engrescat està, la Joa, aturant-se, li diu:

—Bé, et deixo. Jo visc aquí.

El Jordi es queda tallat. Baixa dels llimbs i fa cara de desconcertat.

—Ah, sí! És clar! —Mira on és—. Oh! Ni m'havia fixat on erem. Vius aquí?

La Joa mira enlaire. Assenyala amb el cap un punt ambigu:

—Sí, allà.

—Amb els teus pares?

—No, sola. Tinc la família fora.

El Jordi esbatana els ulls.

—Òndia! Quina sort, viure sola! Què no donaria jo per alliberar-me dels ploms dels meus pares i de la creu de la meva germaneta!

La Joa ja fa la intenció de marxar.

—Bé, fins demà.

—Espera't —Al Jordi li brillen els ulls. Acaba de tenir una idea genial!—. Ostres, tia! Tu sí que pots fer psicofonies a casa teva! Ningú no t'emprenya! Escolta...

* * *

L'Adolf Subirana, el psiquiatre, li ha dit que podien fer un cafè a les tres. Que tenia molta feina, però que si era tan urgent...

El Miquel no s'ho ha pensat gens a agafar el cotxe i, malgrat la cortina d'aigua que va caient, posar-se en marxa cap a Girona. I tant, que és urgent!

L'amic ja l'esperava al bar del passeig. Han encaixat de mans i s'han assegut a la taula del costat de la finestra.

Pel seu aspecte, en Subirana dedueix sense dificultat que, certament, el Miquel té problemes.

—Bé, aquí em tens —li ha dit.

—Es tracta de la Georgina. —El Miquel comença a parlar sense mirar l'amic a la cara. Ho fa amb la vista concentrada en el cafè que el cambrer li ha portat, i jugant amb la cullereta.

I li explica allò que diu per primera vegada en veu alta. I ho diu a l'amic i s'ho diu a si mateix. Que la Georgina mostra, des de petita, una passió, que ell ara considera malaltissa, per escoltar. Que, ja ben remenuda, la trobava escoltant rere les portes. Que a l'escola l'havien castigada més d'una vegada pel mateix. Que ell l'havia de fer fora quan era amb els clients, al seu despatx. I que... i aquí fa una pausa, beu un glop de cafè, la veu se li enrogalla amb un cert tremolor que no pot dominar, i continua. Ell li va regalar un magnetòfon petit, dels primers que li van arribar a la botiga, i unes quantes cassettes. Uns mesos després, sa germana li va tornar perquè se li encallava. Ell, en quedar sol, va anar a obrir l'aparell i es va adonar que hi havia una cinta a dins. Mecànicament, dut per la força del costum, va comprovar si era verge... I l'aparell gairebé li va caure de les mans quan va sentir la reproducció d'una conversa que havia mantingut amb uns clients, feia una setmana, allà, al despatx.

—Ho vas comentar amb la Georgina?

El Miquel, defugint encara la mirada, respon:

—No. No m'hi vaig atrevir. Em va semblar... No sé què dir-te...

—Saps si en va enregistrar més?

El Miquel assenteix amb el cap cot:

—Sentint fàstic de mi mateix, un dia li vaig regirar la

bossa de mà. Duia dues o tres cassettes. Totes enregistrades amb converses. De l'escola... Entre amigues...

—Això va ser abans o després d'allò de la vostra mare...?

Ara sí que el Miquel alça el cap i diu, fent un gran esforç:

—Després. —S'empassa saliva—. Digues, Adolf, això és normal?

El doctor Subirana no respon de seguida:

—Mira, Miquel, els conceptes de *normal* i *anormal*, avui dia, en psiquiatria, anem molt amb compte a situarlos. Els límits no són clars. El que m'expliques respon d'alguna manera, o té un paral·lelisme, amb la cleptomania, per exemple, que és, com deus saber, l'obsessió o la mania de robar, de prendre objectes d'altres. De fet, segons sembla, la Georgina pot presentar —alça la mà amb un gest de prudència—, no dic que presenti, un quadre de comportament compulsiu o obsessiu que no té com a finalitat fer mal a ningú, sinó que indica que està sotmesa a la repetició d'un comportament que no és capaç d'evitar. Pel que m'expliques, allò de la vostra mare va actuar com a desencadenant del procés, que va passar de ser una simple i pura tafaneria, sense cap més transcendència, a convertir-se en un comportament repetitiu, ja patològic. Per què no me n'havies dit res?

—Déu meu! —El Miquel es passa la mà per la cara—. Perquè mai no ho he volgut acceptar. I ara... Si fa cap disbarat, serà culpa meva, Adolf.

El doctor Subirana contempla l'amic, preocupat. El coneix des que eren petits. Junts anaven a agafar granotes a les basses i junts empaitaven mosses als quinze anys. Sí, recorda la petita Georgina, tota ulls, seguint-los arreu. Quan ell se'n va anar a fer l'especialització als Estats

Units, encara no havia passat l'accident del pare del seu amic. Quan se'n va assabentar (per carta, li ho va dir sa germana) va pensar immediatament en el Miquel. El coneixia prou bé i sabia que assumiria tota la responsabilitat familiar. Per a això era l'hereu, el fill gran. I poc temps després, allò de la mare... Massa bufetades per a una sola persona.

L'home que té al davant aparenta molts més anys que no els trenta-dos que deu tenir ara el Miquel. Ha envellit prematurament i només li falta...

—Només falta que et culpabilitzis, Miquel, i això no és just. Ho has d'evitar. Tu has fet per la teva germana tot el que era possible i més. D'altres, amb el que vau passar, l'haurien enviada a viure amb els oncles o els padrins. I tu li has fet, i encara li fas, de pare i de mare, sense tenir en compte que...

—És que tu no ho saps... —El Miquel l'interromp. Té la gola seca—. Fa un parell d'anys vaig decidir enviarla a Barcelona a estudiar el batxillerat. Vaig creure que li aniria bé allunyar-se d'aquí, distreure's, oblidar-se de tot el que havia passat. Va anar a viure a casa la tia Narcisa. Però a principis d'aquest curs em va dir que estava tipa de la tia, que no s'avenien, que li feia la vida impossible i que volia viure sola... —Fa una pausa, sospira profundament i per primera vegada deixa que es traslluеixi un cert orgull—: He de reconèixer que s'ha espavilat molt. Ella mateixa es va buscar un pis, i feina de passar treballs a màquina per pagar-lo.

—Va fer bé. Haver de valdre's per si mateixa pot ajudar-la molt. On és el problema?

El Miquel alça el cap. Està molt pàl·lid.

—Fa uns nou mesos va agafar del magatzem un micròfon molt sofisticat. —Ho diu precipitadament, com si temés desdir-se d'explicar-ho—. I aquest cap de setmana s'ha endut, sense que jo me n'adonés, sis micròfons dels que es fan servir per escoltar i enregistrar converses compromeses. En diem els micros-espies. Entens per què estic així? Què farà, aquesta noia, Adolf? En quin merder es deu haver ficat? No veus que ara, vivint sola, pot fer el que vulgui sense que ningú l'aturi? Que no ho veus, que és menor d'edat?

Capítol setè

La Joa ha tancat la porta rere seu, ha deixat la bossa dels llibres damunt la taula del menjador, i encara riu. Quin tipus més divertit, el Jordi Boldú! Tan alt i tan ganàpia, i es comporta com una criatura de dotze anys quan li compren un escalèxtric. I amb quin entusiasme parla d'aquests fenòmens! Quina sort ser com ell, tan natural, tan espontani, tan estimat pels amics! Perquè el Jordi tothom l'aprecia. Prou que es nota. Sempre està voltat de companys. I és dels que no plany deixar els apunts i allò que faci falta. Els altres no són així. Les noies, per exemple, són molt tibades. Van d'importants però són estúpides. Sempre ploriquegen pel mateix: la poca pela que els donen els seus pares, que no les deixen sortir de nit, que les controlen si fumen, amb qui surten... Si sabessin que ella viu sola i que no ha de donar explicacions a ningú, com l'envejarien!

Al Miquel li va dir que s'havia adaptat bé a la ciutat, però no és cert del tot. S'ha acostumat, sí, a moure-s'hi. Sap anar amb metro allà on calgui, encara que hagi de fer transbord. Coneix les línies d'autobusos, si més no, les que sol fer servir. I utilitza la targeta de crèdit i els caixers automàtics amb desimboltura. Però no es fa pràcticament amb ningú. No té amics. Només coneguts, companys de l'institut i prou. Pot arribar a ser un bon amic, el Jordi?

És a la cuina preparant-se el dinar. Una mica d'amanida, verdura —mongeta tendra que va sobrar-li d'anit—, i un pit de pollastre a la planxa. Ja plou, i els vidres de la finestra s'entelen. Quin dia d'hivern més malencònic!

Prepara els plats i els posa en una safata. Omple la gerra d'aigua i agafa un parell de tovallons de paper. Amb cura de no vessar l'aigua, va cap al menjador. Deixa la safata damunt la taula i engega el televisor. D'aquí a deu minuts començarà la sèrie de la sobretaula. Li agrada molt. No se la perd mai, per poc que pugui evitar-ho.

Mai no ha tingut gaires amics. Ni de petita. Jugava amb els nens de la masia de baix, i a escola, amb els companys. Però amics, noies i nois en qui confiar, no en tenia. No sap per què. De fet, sempre ha sentit com si entre ella i l'exterior hi hagués un vidre gruixut, alguna cosa que la separava i l'aïllava de l'entorn.

Menja de pressa, mastegant ràpid, amb la mirada fixa a la pantalla i el cap a tres quarts de quinze, absorta en els seus pensaments.

El Paulí Doscentscinquanta es va comportar com un amic. El recorda amb afecte. Si no hagués estat per ell, què li hauria fet, aquell paio que va sortir d'encara no sap on i li va posar la ganiveta a l'alçada dels ronyons? Però, abans d'adonar-se que era víctima d'un atracament o d'un intent de violació, va sentir una veu darrere seu que deia:

«—Pst! Ei, col·lega! T'equivoques. Deixa la noia!»

Quan el va veure va pensar que havia sortit del foc per caure a les brases. Baixet, molt moreno, de cabells llargs i enrinxolats, la pell bruna, la barba a mig afaitar; els ulls, col·locats asimètricament a la cara, un amb una cicatriu que li naixia a la cella i li moria a mitja galta. Les dents, picades. Les cames, arquejades, com si s'hagués passat la infància muntant a cavall. Mal vestit. Aparentment tan poc fiable com el que l'havia aturada a punta de navalla.

Però ell li somrigué i el seu somriure era entranyable, net, encantador, li transformava l'expressió i inspirava confiança.

—Sóc un tio legal. Tranquil·la, nena —va dir. I sense esperar la seva resposta la va agafar pel braç i van anar junts fins al final del carrer. Fins a la Rambla. Allà la va deixar anar. Ella encara tremolava.

—No tornis per aquí. No és lloc per a tu. Hi ha molt *mangui*. Busquen *guita*.

Es van quedar mirant. Ell va alçar la mà i amb una delicadesa insospitada, li va acariciar la galta.

—Ets tan maca com una artista de la tele —va dir.

No es movien. Ella feia poc que havia arribat a la ciutat. Ningú no li havia dit que aquell era un barri no gens recomanable. Ell, gat vell, ho va saber sense necessitat de preguntar-li-ho.

—Vine. Amb mi no has de tenir cap por.

Poc habituada a confiar-se a ningú, la Joa va sorprendre's a si mateixa parlant amb el desconegut, confessant-li com odiava la tia Narcisa, una vella fastigosa, pudent i criticaire. Que volia anar a viure sola però... com podia pagar un pis amb el que li donava el seu germà i el poc que es treia passant treballs a màquina? Ell caminava al seu costat amb les mans ficades a les butxaques del darrere. El coll de la caçadora texana, aixecat.

—Jo sé com pots fer *guita*. Vine... —va callar. Va tombar el cap i va aclucar un ull mentre amb la punta de la llengua es fregava els queixals de dalt. Com si pensar li costés molt—. Demà passat. Aquí. A les set.

—És una feina...? —La Joa no sabia com dir-ho. Ell la va ajudar, rient.

—Legal? *Jobar*! I tant! I fàcil. Feina fina. Espera't. Com et dius?

Li ho va dir. Ell va tornar a fer l'esforç de pensar fins que va sentenciar:

—Georgina és massa llarg. Et diré Joa. Fa d'artista de cine.

Dos dies després li donava el telèfon del Medina. Feina fàcil i legal, i que a ella li venia com l'anell al dit. Per això va acceptar a ulls clucs.

* * *

El Jordi és a la seva habitació fent els deures a tot drap. La Joa ha dit que sí, que pot anar a casa seva. Que li ensenyarà les cintes on té enregistrats sons estranys. Però aquesta tarda no pot ser. Ha de fer un encàrrec. Demà potser... És una tia estupenda! Però una mica estranya... Ell nota una barrera intangible, difícil de traspassar. Potser és molt tímida. Haurà d'anar amb tacte. No vol pas que se li espanti i li engegui a rodar la possibilitat de fer psicofonies a casa seva. Recoi! Quina sort que ha tingut!

* * *

Després de veure l'episodi de la sèrie, la Joa despara taula i treu la capsa que va guardar a la bossa d'esport. L'obre amb cura i agafa els petits micròfons. Ja té pensat on i com els posarà. També treu els magnetòfons. Un per micro. Seu a taula i passa una bona estona preparant les connexions. Amb aquests aparells cobrirà les zones més importants de l'institut. El material que reculli serà excel·lent, molt millor que el que té ara. Tot i que, Déu n'hi do! Ho sap pràcticament tot, de la vida i miracles de les seves companyes. Si elles se n'assabentessin... Tan tibades que van... Però li falta la part del professorat. D'aquí, pot treure moltes històries. I serà un gran plaer escoltar com s'expliquen les seves intimitats. Com quan era petita i s'amagava al despatx de la directora, allà a l'escola del poble. Això, a l'institut, encara no ho havia pogut fer.

Quan tot és a punt, torna a guardar-ho a la bossa d'esport. Demà hi ha gimnàstica i ningú no sospitarà res, ja que tots utilitzen bosses semblants. En acabat es posa a estudiar. Avui anirà a dormir d'hora, ja que demà ha d'estar ben desperta per no cometre ni el més petit error.

* * *

Avui, quan la Joa ha entrat a classe, el Jordi li ha picat l'ullet fent un gest de complicitat. En anar a esmorzar li ha dit en veu baixa, sense que els altres ho sentissin:

—Allò que vam parlar... pot ser avui?

La Joa ha negat amb el cap.

—No, he d'acabar d'estudiar. Però demà sí, a les cinc.

* * *

Fa cosa d'uns tres anys hi va haver un bon daltabaix a l'institut. Dos nois de tercer es van tancar als lavabos a la tarda. S'hi van estar fins a la nit. Llavors van sortir, van entrar a la sala de professors i van aconseguir totes les preguntes dels exàmens. Els van enxampar per la badada d'un d'ells. Aquest va ser un fet molt comentat.

La Joa ha decidit de fer el mateix. Després de la classe de gimnàstica ha desaparegut dintre el vestuari. No ha estat difícil. Ningú no pensa que algú vulgui quedar-se a l'institut més temps de l'indispensable. No vol córrer riscos innecessaris, per això esperarà fins al vespre, fins que estigui completament segura de no trobar ningú.

S'ha assegut a la tassa del wàter, amb el cap repenjat a la paret i els ulls tancats. No se li fa pas pesat, esperar. Està acostumada a amagar-se en algun lloc tot esperant d'escoltar una conversa. Des de petita. No ho pot evitar. És una cosa superior a ella. Quan veu dues persones que parlen, s'hi sent atreta com si la xuclessin o li imploressin: «Vine, per favor, vine». És una ànsia. Un neguit. Un plaer. Però ningú no ho ha de saber. A la gent no li agrada ser espiada. Ja ho ha comprovat. De petita, a l'escola, li deien «l'espieta». Alguna vegada l'havien pegada. Per això s'ha d'amagar. Però no fa res mal fet. No és cap crim. Al Miquel tampoc no li agrada. Alguna vegada la va pescar escoltant. La va renyar, però no va dir res als pares.

Estimat Miquel, estimat germà! És tan bo i tan generós! I no sap que ella té a casa més de dues-centes cintes amb converses enregistrades. No sap que ho enregistra tot. La conversa més banal, la més simple. No ho pot evitar; quan es troba amb algú, la mà li va sola cap a la bossa per accionar l'aparell. Si no ho fes se sentiria angoixada. No fa res mal fet. D'altres tenen el costum de fumar o de beure cerveses. Ella no fuma ni beu, té el costum d'escoltar i d'enregistrar les converses. No fa mal a ningú. Però és millor que el Miquel no ho sàpiga. És bo i generós, però no ho comprendria. Potser s'enfadaria amb ella. Estimat Miquel, estimat germà...

Les hores han anat passant amb l'exactitud matemàtica que assenyalen les ànimes de quars del rellotge. A mitjan novembre es fa fosc aviat. Quan la Joa obre els ulls només veu la foscor envoltant-la. S'ha quedat adormida. Mira l'hora. Les busques del rellotge són fluorescents. Marquen dos quarts de deu. Ja pot sortir.

A les palpentes busca la bossa, corre la cremallera i treu una llanterna petita. Encara va calçada amb les sabatilles de gimnàstica, les de sola de goma fina. Es treu el xandall, blau amb ratlles blanques, i se'n posa un de negre. Guarda l'altre a la bossa, s'assegura que no deixa cap rastre i surt.

La nit és fosca, però per les finestres entra la fantasmagòrica llum ataronjada dels llums del carrer. Amb la bossa penjada a l'espatlla, la Joa camina a pas ràpid i un pèl encongida. Es coneix bé l'edifici. La primera parada la fa a la sala de professors. Deixa la bossa a terra. Comprova que la porta és tancada amb clau. Però si el Salvador, el conserge, encara no ha fet arreglar el pany, podrà obrir-la. Agafa el pom amb les dues mans i el sacseja com ho ha vist fer als professors aquestes darreres setmanes. El pany cedeix amb un gemec metàl·lic. Ja té el pas franc.

La sala de professors és una peça força gran, de forma rectangular. Al bell mig hi ha una taula, de bones dimensions i de fusta massissa. Les parets són gairebé cobertes per armaris metàl·lics, tots tancats amb clau. La Joa no s'hi entreté gens. Ho té tot pensat. De la bossa d'esport, en treu la capsa dels micròfons. N'agafa un. Rere la base hi ha la goma sintètica amb el protector posat. El treu. S'ajup davant la taula. Amb la llanterna la il·lumina per sota. Instal·la l'aparell al racó, just a la intersecció amb la pota. El connecta. És impossible que ningú el trobi. S'aixeca. Recull la bossa. Surt i, amb un cop sec, tanca la porta.

Al vestuari de les noies n'instal·la un altre, sota la pica

del lavabo. Atès el material, s'assegura de la subjecció mitjançant un tros de cinta adhesiva. En el lavabo dels nois fa el mateix.

Mitja hora més tard ja ha cobert tots els espais que creu més idonis: el seminari de català, una de les sales on s'acostuma a rebre els pares i la seva classe.

Ara va cap a la sala dels ordinadors. Després de pensar-ho molt, és el lloc on ha decidit d'amagar les enregistradores connectades als micròfons. Hi ha un armari de fusta que no es fa servir. Ho ha comprovat. És ple de papers i d'arxivadors vells. I en aquesta habitació és fàcil moure's sense despertar sospites. Hi arriba. Obre l'armari. Treu tres arxivadors. Rere, hi posa els petits magnetòfons. Els connecta. Torna a posar-ho tot tal com estava, recull la bossa i surt.

Creua el vestíbul. Va cap a la sala de gimnàstica. S'assegura que la finestra s'obre. Tanca la llanterna i se la guarda a la butxaca. Ja no la necessita, en té prou amb la llum que ve de l'exterior. De la bossa d'esport treu un jersei gruixut i un cangur de color blau marí. Es posa el jersei damunt del xandall i a sobre, el cangur. Amb el fred que fa cal abrigar-se bé. Puja al banc de fusta. Obre la finestra. Posa la bossa a l'ampit. Li queda a l'alçada de la cintura. S'agafa al marc i s'hi enfila donant-se impuls. Ajusta tant com pot la finestra rere seu. Aquesta part de l'edifici dóna a un pati interior. Hi ha un desnivell de dos metres. Subjecta bé la bossa i salta. Cau bé. Tot va sortint tal com havia previst. Creua el pati. Arriba a la reixa. És de línia actual. La seva funció és fer de línia divisòria més que no d'impedir el pas de ningú. La salta sense dificultat. El carrer, un carrer de tercer ordre, resta ben solitari en aquestes hores de la nit. Per això, a pas tranquil, la Joa es carrega la bossa a l'espatlla i desapareix, camí de casa.

Capítol vuitè

El Medina ha escoltat la Joa al llarg de més d'una hora i mitja, amb molta atenció i prenent notes. En acabat, la noia li allarga un sobre gran que el guionista s'afanya a agafar.

—És el contingut de les dues cintes escrit a màquina —diu la Joa.

—Molt bé —fa l'home. El deixa en un costat de la taula i mira les notes tot fregant-se la barbeta—. Així, doncs, l'ambient és de passar tant com es pugui...

—En general, sí.

—Déu n'hi do, el que m'has explicat... I d'aquesta relació de lesbianisme entre les dues professores, n'estàs segura?

—Ho he deduït de la conversa d'un profe. No és gaire normal que una dona digui a una altra: «T'estimo.»

El Medina fa un gest d'escepticisme:

—Dona...! Entre vosaltres, sí. Us agrada anar de bracet, petonejar-vos, us feu confidències... Depèn del to en què ho hagi dit... És que em sembla una mica agafat pels cabells.

La Joa s'arronsa d'espatlles.

—A mi, se me'n fot —diu—. Escolta la cinta, si vols. Està numerada en relació als fulls.

—Bé, ja ho faré. I ara concretem, per centrar el tema. Trobes que el to general de la sèrie ha de basar-se, d'una banda, en la falta d'interès que els professors us demostren, i de l'altra, en les poques ganes de treballar que teniu vosaltres?

La Joa desencreua les cames i torna a encreuar-les en sentit contrari.

—No ho sé. Jo t'he explicat el que veig i el que sento. A la meva classe hi ha gent que treballa i gent que no.

El Medina s'aixeca i va cap a l'armariet.

—Vols una copa?

—No, no bec. I si ja hem acabat, me'n vaig.

Amb el got a la mà, el Medina l'acompanya a la porta:

—Quan em portaràs més material?

—D'aquí a una setmana. Transcriure les cintes em dóna molta feina.

—Bé. Té. —Ell es fica la mà a la butxaca i en treu un plec de bitllets—. Això és per a tu. A compte.

—Gràcies. —Se'ls fica a la bossa de mà—. Adéu.

* * *

El Jordi l'està esperant a la porta de casa seva, passejant impacient per la vorera i preguntant-se: «Vindrà? No vindrà? Em deixarà tirat com si fos una llauna de cervesa buida? Acceptarà de fer una psicofonia o passarà com l'altre dia?»

Ell estava segur que, després d'escoltar algunes cintes, podrien fer un parell de psicofonies, però la Joa s'hi va negar i el va fer fora tot dient que havia d'estudiar. Decididament, és força estranya i contradictòria, però... és molt sensitiva. Carai! I tant! A les cintes que va escoltar hi havia sons enregistrats. No en va tenir cap dubte. Si disposés d'un aparell d'aquests que permeten graduar la velocitat d'audició, segur que aconseguiria entendre alguna cosa. I aquell fragment de música? Segons diu la Joa, només es tracta d'un fenomen de magnetització.

Recoi, com triga! A veure si el deixarà plantat! No seria la primera vegada, és clar! De tres que han quedat, dues se n'ha desdit. El Jordi bufa amb força. Deixa anar un parell de renecs en veu baixa i una lamentació sentida: «Que és dura, la vida de l'investigador!»

Tot d'un plegat, la veu que tomba el carrer i corre a trobar-la.

—Ei, Joa! Fa mitja hora que sóc aquí! —Ho diu animat, content, sense cap ombra de retret.

—Havíem quedat a les set —respon la Joa traient les claus per obrir la porta—. I només passen deu minuts.

—Sí —el Jordi es tira a l'esquena la bossa que duu i trota rere la noia—, però com que he acabat els deures abans, he pensat que potser ja et trobaria.

Pugen l'escala. Com que és una casa antiga i estreta, no hi ha ascensor. El xicot xerra amb el seu entusiasme habitual.

—Ah! T'has assabentat del que ha passat aquest matí, a l'insti?

—No. —La Joa tomba el cap per mirar-lo mentre obre la porta de casa seva—. Què ha passat?

—Que el Marc Vilà i el Sergi Martí, tots dos de segon B, s'han fet una cara de mans. Òndia! Hauries hagut de veure'ls!

Han entrat a la casa i la Joa encén el llum. El noi deixa caure la bossa al sofà del menjador.

—I per què s'han pegat? —pregunta, sense cap interès, la Joa.

El Jordi fa una ganyota i s'arronsa d'espatlles.

—No ho sé. Però s'han ben atonyinat. Imagina't que gairebé han arrencat la pica del lavabo! Eren als vestidors. El Sergi, del cop, s'ha quedat blanc. L'han hagut de dur a urgències. Òndia!... Hi haurà merder...!

La Joa torna de la seva habitació, on ha anat a deixar la jaqueta i a buscar el magnetòfon gran. I amb el mateix to d'indiferència, diu:

—Doncs no, no n'havia sentit a dir res.

—Perquè ets a la lluna —diu el Jordi, rient—. A vegades et miro mentre som a classe i sempre et veig amb cara de tenir el cap a tres quarts de quinze. Què penses?

—No ho sé. Coses, coses meves. Apa, vols que fem aquella prova o què?

El Jordi no s'ho fa dir dues vegades per treure un parell de cintes de cassette verges. Els estoigs ja estan desprecintats. Mentrestant, la Joa ha posat l'aparell damunt la taula i el connecta a la xarxa. A primer cop d'ull, no hi ha ni el més mínim senyal de cap micròfon unidireccional ni de res que faci sospitar que des d'aquesta casa s'enregistren converses alienes.

—Mira, són verges del tot. Ho he comprovat avui. No hi ha ni mica de soroll, ni cops, ni musiquetes, ni res de res —diu el xicot ensenyant-li les dues cintes.

—Molt bé; endavant, doncs. —I la Joa seu a la cadira. El Jordi ho fa al seu costat. Ara seriós, molt solemne, introdueix una cinta al compartiment. Posa els dits damunt les tecles d'enregistrar i pregunta:

—Ei! Per on enregistra, això?

—Per aquí. —La Joa assenyala el micròfon que l'aparell duu incorporat.

—No tens micròfon exterior? Un de cable, vull dir.

—Sí. Que el vols?

—Si el tens a mà, sí. Va més bé.

—Espera't.

La noia s'aixeca. Desapareix en direcció al dormitori i torna al cap d'un instant amb l'estri a la mà. Per la seva part, el Jordi ha agafat el primer que ha trobat a mà: un parell de guies de telèfons. Les ha posades l'una sobre l'altra i al damunt, plegada, fent de coixí, la seva bufanda. La Joa connecta el cable al magnetòfon i li dóna el micròfon. El noi el deixa amb suavitat damunt la bufanda, encarat cap a ells.

—Bé, preparada?

—Sí.

—Sobretot, no facis cap soroll, eh? —Pitja les tecles, compta mentalment fins a deu i diu—: Vint-i-nou de novembre de mil nou-cents vuitanta-nou. Primera prova. Sóc en Jordi Boldú. Hi ha algú aquí que vulgui manifestar-se?

....

....

....

Deixa passar cinc minuts. *Stop*. Rebobina. *Play*.

....

....

....

—Segona prova. Estem oberts a rebre la comunicació dels éssers de l'espai. Si ens deixeu algun missatge, moltes gràcies.

....

....

....

Han passat cinc minuts. *Stop*. Rebobina. *Play*.

....

....

....

—Espera't, tiraré la cinta més endavant. Això és el comptador, oi?

—Sí.

—El posaré a zero i l'aturaré a la volta 15.

La Joa el deixa fer amb un somriure burleta ballant-li als llavis.

—Tercera prova. Sé que us manifesteu a d'altra gent. Es pot saber per què amb mi no ho feu? Això no és un joc. Sóc un home seriós i responsable. Hi podeu confiar. Gràcies.

....

....

....

Cinc minuts després atura l'enregistrament. Rebobina. I acciona per escoltar.

....

....

....

El Jordi es deixa caure enrere i es pica les cuixes amb les mans.

—La mare que els va parir! —exclama—. Se m'estan rifant o em prenen de cap d'esquila, com si ho veiés! Aquesta és la murga de treballar amb aquesta gent, que són molt poc seriosos, i vénen i es manifesten només quan els rota. No m'estranya que la gent digui que això són bestieses!

—És que són bestieses —diu la Joa en un to natural—. Qui vols que et respongui? Si la pol·lució o els microbis tinguessin veu segur que ho farien, però aquesta energia de què parles...

El Jordi la mira, furiós.

—NO SÓN BESTIESES! Jo he sentit... —S'agafa les orelles i se les estira— amb aquestes orelles, psicofonies perfectes!

La Joa esclata a riure.

—Sembles un Dumbo! —diu.

—Prova-ho tu! —El Jordi agafa el micròfon i el dóna a la noia—. Sisplau!

La Joa mira el micròfon i mira el noi.

—No puc —diu—. Em sento ridícula.

—Per favor, és molt fàcil! Només has de dir el teu nom i preguntar com ho faig jo. Vinga. Engega...

—Sóc la Joa Sierra. Hi ha algú que vulgui manifestar-se o... —fa una pausa, mira el noi, somriu amb picardia i continua— dir-me si aprovaré aquesta avaluació?

....

....

....

Stop. Rebobina fins a la volta quinze. *Play*.

....

....

....

—Ho veus? —La Joa deixa el micròfon damunt la bufanda. El Jordi torna a agafar-lo i l'hi posa a la mà.

—Una altra vegada. I digues «prova segona». Som-hi. Vinga. Va.

—Sóc la Joa Sierra. Prova segona. El Jordi està molt nerviós. Abans que li agafi un atac d'histèria digueu alguna cosa. Gràcies.

Stop.

Amb el dit damunt la tecla de rebobinar, el Jordi la mira.

—Tampoc es tracta de fer conya, eh? Els esperits es poden molestar.

—Ui, sí que són llepafils!

—Apa, no fem bromes, que això és molt seriós. Ja ets a punt?

—Sí...

....

....

... Toc-toc-toc.

—Ho has sentit? Ho has sentit, oi? Són uns cops. Tres, per ser exactes!

El Jordi, dut per l'emoció, s'ha aixecat d'un bot. La Joa, en canvi, s'ha quedat immòbil.

—A veure, tira endarrere —diu.

Ho escolten algunes vegades. Sí, no hi ha cap dubte. El Jordi està radiant i parla, molt excitat:

—Això vol dir que han vingut, que són aquí. És el primer pas. Moltes psicofonies comencen així. Amb dos o tres cops. Potser és un senyal, no ho sé. Apa, tornem-hi. I fes-ho bé, eh? Seriosa, respectuosa...

—Tercera prova. Sóc la Joa Sierra. Hi ha algú que vulgui parlar amb nosaltres?

El Jordi li fa senyals perquè digui alguna cosa més. La Joa li respon amb gestos que no sap què més dir.

....

....

....

El noi pitja l'*stop*. Rebobina.

—És l'última vegada, Jordi. Haig d'estudiar molt i, la veritat... —diu la Joa tornant a deixar el micròfon damunt la bufanda. El noi no respon. I pitja el *play* una vegada més.

....

... ggg... iiinnnaaa

....

Es queden tots dos immòbils, mirant-se. El Jordi apunta a l'aparell amb un dit i crida:

—ÉS UNA PARAULA! ÉS UNA PARAULA! HO HE SENTIT! NO POTS NEGAR-HO! EH? EH? EH?

La Joa s'ha quedat francament sorpresa. Sí. Sembla una paraula, però no s'entén.

Rebobinen. Apugen el volum.

... ggg... iiiinnnnaaa

Ho escolten quatre o cinc vegades.

—No tens un amplificador més gran? Del tocadiscos, per exemple? —pregunta, molt nerviós, el noi.

—No, no en tinc, de tocadiscos.

—Llàstima! A veure, tornem-ho a sentir!

... ggg... iiinnnaaa...

—Doncs sembla que digui una cosa així com «sina». O no, és més gutural, la primera. A veure...

... ggg... iiinnnaaa

El Jordi té l'orella enganxada a l'altaveu de l'aparell.

—Sí —diu—. La primera, pel so, sembla una ics o una ge. Les últimes són «ina». És segur. —S'incorpora i mira la noia amb un somriure radiant—. Bé, què me'n dius?

La Joa no s'ha mogut de la cadira. Sembla desconcertada.

—No ho sé. Ho trobo molt estrany. Estàs segur que la cinta era verge?

—Seguríssim. L'he escoltada sencera abans de venir.

—I no hi havia res de res. —És una negació afirmada.

—Res. Ni un xerric!

—Doncs no sé què dir-te.

—Apa! —El noi es frega les mans i torna a seure—.

Fem-ne una altra! Ara que els tenim aquí, això ja serà bufar i fer ampolles.

—No! —diu la Joa amb fermesa—. No en vull fer més.

El Jordi la mira, sorprès i preocupat.

—No em diràs que t'ha agafat por, ara!

La Joa nega amb el cap.

—No tinc por. No sóc gens poruga. Però no m'agrada, això. A més, he d'estudiar. Ja t'ho he dit.

El Jordi es queda sense alè i quequeja:

—Pe-pe-però... Joa... —Assenyala el magnetòfon—. Ara que els tenim embalats... No podem perdre aquesta oportunitat. Estem fent una investigació molt important. No fotis, dona! Per favor!

—Jo no investigo res, per tant... —S'aixeca i tot agafant-lo pel braç, l'obliga a alçar-se—. Au, ja pots marxar.

Mans a la butxaca, el Jordi camina per la vorera clavant puntades de peu a tot el que troba. El fred del capvespre li envermelleix les orelles i el clatell, però ell ni se n'adona. Està realment furiós.

Quin cas de mala llet! Tan bé com anava i la tia se li ha rebregat! No, si ja ho diu, ell. La perfecció completa no existeix. Et trobes col·legues ben disposats, però que són com pals de telèfon, que no atrauen ni els constipats. I els bons, com la Núria o la Joa, no hi tenen interès, ni volen fer-ho, ni res de res. Al cementiri, haurà d'anar! Ara ja no en té cap dubte! Perquè ja ho ha provat de totes maneres. Al pis de Barcelona, a la casa de fora, a la muntanya...

Al cementiri no fallarà. Fins i tot un incompetent com ell serà capaç d'aconseguir-hi les millors psicofonies.

Capítol novè

Després de marxar el Jordi, la Joa ha tancat la porta amb clau com cada nit, i ho prepara tot per continuar transcrivint les cintes per al Medina.

Ja s'ha cansat del noi i d'aquest joc absurd que es porta entre mans. Enregistrar veus de l'espai...! Ja són ganes, podent enregistrar les dels vius i escoltar les converses!

Avui, a l'hora del pati, ha aprofitat per anar a la sala dels ordinadors i canviar les cintes dels magnetòfons. Ja té força material i no està gens malament. L'enregistrament és molt bo. Són excel·lents, aquests aparells. I quantes coses que n'està esbrinant, dels seus companys! I si ella tingués mala bava, què no faria amb aquesta informació...!

Ha posat les cintes enregistradores per l'ordre que va establir des del començament. Sala de professors, vestuaris, seminari... Ha obert un paquet nou de paper, n'agafa un full i l'introdueix a la màquina d'escriure. Es posa els auriculars, pitja *play* i comença a escriure.

Ja ha fet tota la cara A i és a punt de començar la B. Ha girat la cinta sense treure's els auriculars. La conversa del director amb el professor de llatí coincideix gairebé amb el final de la cinta. Caram! Ni fet expressament! Pitja el *play*. Posa les mans damunt del teclat... Escolta... Llavors ho sent, clar i ben definit...

«Georgina, moriràs ofegada.»

Es queda paralitzada. Una fredor intensa l'envaeix. Sent un formigueig a les mans i als peus. És una sensació de terror com mai no havia experimentat. La barbeta comença a tremolar-li. No pot moure's, fins que fa un esforç i s'arrenca els auriculars llançant-los damunt la taula. S'aixeca. Tremola visiblement. Encreua els braços, abraçant-se la cintura, i es doblega com si el ventre li fes un mal insuportable. I boquejant, comença a murmurar:

—No, no, no, no...

El que ha començat com un murmuri va pujant de to fins acabar essent un crit, un udol que sembla el d'una bèstia ferida de mort.

—NOOOOOOOO....... NOOOOOOO........

Fa voltes sobre si mateixa. Ensopega amb la taula. Es clava l'extrem de la fusta al maluc. No se n'adona. Rebota contra la llibreria i contra la porta abans de caure a terra de genolls. Rodola i perd el coneixement.

* * *

La mare va rebre la notícia de la mort del seu home, aixafat pel tractor, amb una serenor que, segons el parer de les veïnes que hi van córrer per ajudar en allò que calgués, mai no haurien suposat en aquella dona fràgil i malaltissa, nascuda a ciutat i poc feta a la vida de pagès.

A la Joa, li ho va comunicar la seva mestra. Llavors ella tenia tretze anys. La senyoreta Rosa la va cridar a part i li va dir que el seu pare havia sofert un accident, que anés cap a casa.

La mort del pare va significar per a ella la fi de la infància. D'una infància que havia estat daurada i feliç, agombolada per les atencions i els afalacs d'uns pares i d'un germà que la consentien i l'aviciaven en tot.

Va ser, per tant, un despertar brusc. I llavors s'hi van unir tres factors. D'una banda, el desconcert causat per la primera topada amb la mort. De l'altra, la difícil acceptació de la realitat i, finalment, l'inici de l'entrada a l'adolescència. Massa sotracs per a un esperit tendre. I la Joa va reaccionar tancant-se en si mateixa. Defugint la mare. Evitant el germà. Abocant-se a la poesia i a l'autocompassió.

La mare, curiosament, va reaccionar de la mateixa manera. Eren dos éssers units pel mateix sentiment però, alhora, allunyats entre si. Quan estaven juntes evitaven mirar-se i parlar. Cadascuna, immergida en els seus pensaments, en els seus records.

Moltes tardes, quan la Joa tornava de l'escola, sentia els plors de la mare, tancada a la seva habitació. Alguna vegada, havia sentit la temptació d'obrir la porta i córrer a abraçar-la. Però a l'instant un altre sentiment s'hi oposava: era la mare qui havia de consolar-la a ella, perquè era ella qui s'havia quedat sense pare. La mare era una egoista que només pensava en ella mateixa, no tenia en compte el disgust i el dolor de la filla. I amb aquesta sensació passava de llarg i es tancava a la seva habitació fins a l'hora de sopar.

Els dies passaven indiferents i monòtons. El Miquel, amb vint-i-vuit anys acabats de fer i carregant la responsabilitat de tirar endavant la família, la masia i el seu propi negoci, havia decidit d'arribar a un acord amb el seu caporal per continuar el conreu de les terres. Ell no es veia fent de pagès tota la vida, com el pare.

La mare va restar al marge d'aquestes negociacions. Donava per bo tot el que feia el fill. La Joa ni se'n va assabentar. No hi tenia cap interès. Continuava immergida en el seu món, aliena a tot el que no fos ella mateixa. A vegades, sí, sentia algun tros de conversa de les veïnes que venien a casa. Paraules soltes que feien referència a la mare, com «soledat», «tristesa», «aquesta noia no farà res més de bo», però no en feia cas.

Una nit, la Joa es va despertar bruscament. Un lladruc llunyà, la remor del vent entre el fullam dels arbres... La masia quedava una mica separada del poble. Ella estava prou feta als sorolls de casa. Què l'havia despertada? Va mirar l'hora al rellotge que tenia damunt la tauleta. Les busques, fluorescents, marcaven tres quarts d'una. Només feia un parell d'hores que dormia. Va fer mitja volta amb la intenció de reprendre el son. Llavors es va adonar que tenia necessitat d'anar al lavabo. Es va llevar. Va posar els peus dintre les sabatilles i, sense fer soroll, va sortir al passadís. Coneixia tan bé el camí que no va encendre el llum. No calia. El lavabo era al final, al costat de la porta de l'escala que duia a les golfes. En anar a obrir, es va adonar que l'altra porta era oberta. Això la va estranyar. Era costum de casa de tenir-la sempre tancada ja que, malgrat els paranys que hi posaven, mai no aconseguien eliminar del tot els ratolins que es passejaven per dalt.

I què feia, ara, oberta?

Va encendre el llum del passadís i va treure el cap per l'escala. No se sentia res. Potser hi havia el seu germà buscant papers del pare o de la masia, qui sap. Va sentir una onada d'afecte pel seu germà. Estimat Miquel! Ell era l'únic que la comprenia. Ell sí que l'havia bressolada el dia que van enterrar el pare i li havia dit: «Petita meva, no pateixis! Jo tindré cura de tu.» Va decidir de pujar-hi.

L'escala que duia a les golfes era de dos trams. Hi havia una bombeta de baixa potencia penjada al sostre. Feia una llum desvaïda i somorta. La Joa la va encendre i va pujar. La porta de dalt era ajustada. A dintre hi havia algú, perquè un fil de llum marcava la línia divisòria entre els baixos de la porta i el terra.

A dos graons d'arribar-hi, la Joa va cridar, fluixet:

—Miquel, Miquel! Ets aquí?

Ningú no va respondre. Llavors la Joa va dubtar. Mai no havia estat una nena poruga. I en aquestes golfes s'hi havia passat hores buscant i remenant entremig dels baguls vells, els que contenien encara la roba dels avis i dels besavis. Però ara vacil·lava. Des de feia uns mesos, pel poble corria una banda de lladres que buidaven les cases dels estiuejants i tot allò que trobaven. I si eren aquí? Potser el que l'havia despertada era el soroll dels lladres forçant alguna finestra o alguna porta. Potser el més prudent seria baixar i anar a buscar el seu germà. Dreta, a tocar de la porta, la Joa va restar indecisa durant uns segons. Finalment, va pensar que si obria la porta, només una mica, tindria temps de veure'ls i de córrer cap baix.

Va guanyar els dos graons que la separaven del seu objectiu. Va allargar la mà i va empènyer amb molta suavitat. La porta va cedir sota la pressió de la mà amb un xerric de frontisses rovellades. No va sentir passes ni cap moviment sospitós. Llavors, molt a poc a poc, va treure el cap i va abastar amb la mirada tota la peça.

I el que va veure li va glaçar la sang.

La seva mare s'havia penjat d'una corda, i la corda era lligada en una biga. Als seus peus hi havia un tamboret caigut de costat.

A la Joa va començar a tremolar-li la barbeta. Immòbil al costat de la porta, mirava el rostre desfigurat de la mare.

Els ulls desorbitats, la llengua inflada i penjant, el cos gronxant-se...

Molt més tard, el Miquel recordaria que aquella nit el va despertar el xiscle més agut i esfereïdor que mai no havia sentit. I es va donar a tots els diables i es va maleir a si mateix per no haver estat capaç d'adonar-se que la mare, aquella nit, havia arribat al límit de les seves forces.

* * *

Recupera el coneixement de mica en mica. De moment, no recorda què ha passat i se sorprèn de trobar-se estirada a terra. El canell li fa mal, se l'ha torçat en caure. S'incorpora. El cap li pega voltes. Mira al seu entorn. Quan veu els auriculars mig penjant fora de la taula, el magnetòfon i la màquina d'escriure, li ve tot a la memòria. I de nou se sent terroritzada, tot i que no amb la intensitat d'abans. Fent un esforç, va cap al sofà i s'hi deixa caure. Es plega sobre si mateixa i s'agafa el cap amb les mans.

Qui ha estat? A qui pertany aquesta Veu profunda que fa vaticinis tan espantosos? És algú de l'institut. No hi ha cap dubte. Algú sap que ha posat els micròfons i li ha volgut fer una broma.

Sí, és una broma. És una broma. És una broma... Potser ha estat el Jordi. Potser no és tan bo com sembla. Potser és un malparit i pretén confondre-la i angoixar-la. Comença a entendre les seves maquinacions. Primer s'ha mostrat amable, afectuós i interessat per ella; després l'ha embolicada en aquesta història absurda de les psicofonies... Però, per què? Per riure's d'ella? Qui sap si tot plegat no forma part d'un pla elaborat amb els seus amics! És fàcil que sigui així. Les pretensioses noies de ciutat fotent-se de la noia de fora. Malparits!

Quina hora deu ser? Tomba el cap. Damunt del televisor té un rellotget. Són dos quarts de cinc. Encara podria dormir un parell d'hores. Sentint-se defallir, fa un esforç i s'aixeca. Amb pas vacil·lant va cap a l'habitació, enretira els llençols i es fica al llit. És a les fosques. Tanca els ulls. Intenta agafar el son, però no pot. Una imatge se li fa present una vegada, i una altra, i una altra... És una imatge que durant tots aquests anys ha aconseguit mantenir enterrada al més profund de l'inconscient. Però aquesta maleïda Veu ha tingut el poder d'alliberar-la i ferla surar.

La mare la mira. Amb els ulls desorbitats, amb la llengua inflada i penjant. Es veu a si mateixa cridant. Sent damunt les seves espatlles les mans del Miquel, la seva veu estrafeta pel dolor. Se sent portada a coll cap a l'habitació. Veu la cara del metge, inclinada cap a ella. Sent una punxada al braç. I entremig, present amb tota la seva intensitat, la imatge de la mare mirant-la.

Es tomba sobre el llit i ensorra la cara al coixí. El cor li batega amb una força extraordinària. Han passat quatre anys des que la mare es va suïcidar. Quatre anys intentant oblidar-ho. Quatre anys fent l'esforç de ser una noia com les altres, sense aquest llast que la domina i la subjecta. Com ha pogut fer-li això, el Jordi?

Volta, volta i volta sobre el llit. Els llençols es van desajustant i rebregant. L'angoixa li estimula les glàndules sudorípares i la suor l'amara de dalt a baix.

En una altra persona, una experiència com aquesta encara l'hauria feta riure. Se l'hauria presa com una anècdota per explicar als amics. Però, a la Joa, l'ha desmuntada. I el pitjor és que no entén com pot haver-hi persones que frueixin fent mal als altres.

Capítol desè

El brunzit del despertador sona insistentment. És un aparell automàtic que no calla fins que algú l'atura o se li acaben les piles.

Els dígits de color verd assenyalen les 06:30. La Joa dorm en un cantó del llit. Amb les cames molt arronsades, gairebé en posició fetal. Amb un cop d'ull, qualsevol s'adonaria que la persona que ha ocupat aquest llit ha passat una mala nit. Els llençols, rebregats. La vànova, penjant a terra. El coixí, tort.

El despertador continua xiulant, impàvid. Finalment el so metàl·lic aconsegueix travessar la barrera de l'inconscient de la noia que, amb dificultat, s'arrossega pel llit, allarga una mà i la deixa caure damunt l'aparell. I es fa el silenci.

Déu meu! Quina nit més espantosa! I quins somnis més torturadors! Ara, però, a la llum del dia que s'intueix rere les finestres, tot el que va passar sembla més lleuger, no tan intens ni dramàtic. Estirada al llit, encara, la Joa s'empassa saliva i un calfred li recorre l'espatlla. Té una nosa al coll. És com un moc que no acaba de tirar avall.

Engoleix un parell de vegades més sense cap resultat. Sospira profundament i s'aixeca.

Ha engegat l'escalfador. Se sent bruta, suada, incòmoda. Avui necessita més que mai una bona dutxa. Va cap al lavabo. Engega l'aigua. Es treu la camisa i la deixa caure a terra. Posa un peu dintre de la banyera i quan alça l'altre per acabar-hi d'entrar es queda immòbil, en suspens. Acaba de recordar que hi ha persones que moren ofegades a la banyera. Una relliscada, un mareig, el cap contra la paret o l'extrem de la banyera, l'aigua corrent...

Surt com si hagués vist una serp dins l'aigua. Tremola de fred. Obre l'aixeta de la pica. Com pot, es renta el coll, l'escot, els pits, les aixelles, els braços... L'aigua li regalima per la panxa. Algunes gotes rodolen per les cuixes. Al bidet es renta el pubis i els peus.

Embolicada amb el barnús va cap a la cuina. Omple de llet un cassó petit i el deixa escalfar al foc. Després l'aboca en un bol; hi afegeix sucre i un parell de cullerades de cafè soluble. L'agafa amb les dues mans i seu al tamboret que té al costat de la porta. Beu a poc a poc, fent pauses entre un glop i l'altre. Empassant-se el líquid no es nota la nosa al coll. Però hi és. Intenta treure's aquest pensament del cap i es concentra en allò que ha de solucionar. Com pot esbrinar qui li ha fet la broma? La cinta correspon al micròfon que ha instal·lat a la sala de professors. La conversa anterior era entre el director i el professor de llatí... Hi ha la possibilitat que el Jordi entrés després, que el deixessin sol uns moments i que ell ho aprofités per dir aquella frase falsejant la veu? Sí, això és el que deu haver passat. Es va tranquil·litzant lentament. Tot respon a una lògica. Ella s'ha espantat sense cap motiu. Ha reaccionat així perquè està més sensibilitzada per allò de la mare. No n'hi ha per tant.

Amb l'últim glop s'ennuega. Es troba tossint desesperadament. Déu meu! És clar! També pot ofegar-se així! Les mans li tremolen quan deixa el bol damunt la taula.

* * *

Algú s'ha adonat que hi ha una fuita d'aigua sota la pica del vestuari dels nois. Aviat ho relacionen amb el cop que va rebre el dia que els dos alumnes de segon B es van barallar. L'aigüera s'ha desplaçat i la canonada n'ha rebut les conseqüències. Avisen el conserge i avui, a primera hora del matí, ha vingut el lampista. Ara el xicot, agenollat a terra, repassa la instal·lació amb l'ajuda d'una petita llanterna per il·luminar bé els racons.

Gairebé hi passa de llarg però torna a fixar-s'hi. Caram, què és això, que hi ha aquí enganxat amb esparadrap? Sembla un... Desenganxa la tira adhesiva, l'agafa amb precaució i l'estira. Se'l mira amb deteniment. Sí, no hi ha cap dubte, és un micròfon. Un giny d'aquests que fan servir els espies. Qui el deu haver posat, aquí?

El lampista se'l posa a la butxaca i continua la seva feina.

* * *

Com gairebé cada matí, el Jordi Boldú coincideix, camí de l'institut, amb la Gisela i la Núria. Dos carrers més endavant es troben amb el Xavier Pinyol i fan la resta del recorregut junts.

Avui el Jordi té la notícia a punt per deixar-la anar tan bon punt vegi les dues amigues. I així ho fa. Corre cap a elles i a boca de canó, crida:

—Ho he aconseguit! Ho he aconseguit!

—El què?

—Abans, bon dia, no? —fa, burleta, la Gisela.

El Jordi ignora el comentari i es llança:

—Una psicofonia de debò, nenes! Ahir, a casa la Joa. Nenes, va ser impressionant. L'he duta perquè l'escolteu.

La Gisela fa cara d'avorriment i la Núria, de por.

—Uf, que és pesat, el tio! —diu la primera.

—Ai, jo no en vull saber res, d'aquestes coses —afegeix la segona.

—Quin morter, el tio! —se'n riu el Xavier.

—Vinga, no sigueu pals! Per a mi, això és molt important!

—No entenc com, amb tanta obsessió per les psicofonies, ets capaç d'aprovar les mates —sospira la Gisela.

El Jordi la mira:

—Que les has suspeses?

—Sí, ahir m'ho va dir la tutora. Un tres coma cinc.

—Òndia, noia, ho sento. Jo he tret un set coma vuit.

—Repel·lent! —murmura la Núria mirant-se'l de reüll—. Doncs jo un dos coma setanta-cinc.

Uns metres més enllà hi ha l'Oriol Mir, esperant-los. El Jordi s'avança i també li comunica la, per a ell, bona nova i, com era de suposar, l'amic la rep amb un entusiasme que fa fàstic, a parer del xicot.

—Home! No espero que boteu, però podríeu alegrar-vos-en, no? —diu força molest, ja.

—Oh! Ens n'alegrem moltíssim, oi, Gisela? —crida la Núria.

—I què deia, aquesta meravella de la investigació? —pregunta, fingint molt d'interès, l'altra amiga.

El Jordi torna a passar per alt el to burleta. Té tantes ganes d'explicar-ho que prescindeix de les bromes.

—Doncs va quedar enregistrada només una paraula: «Xxx...ina».

—«Xxxx... ina?» I què vol dir?

—No ho sé —confessa el xicot.

Els altres tres riuen i tots comencen a dir paraules:

—Potser és «paperina».

—O «marina».

—No, deu ser «tomfina».

—I «Carmina»?

El Jordi va negant amb el cap.

—No, no. El so era més gutural, com una ics o una ge.

—Ics...? Ge...?

—Mmmm... —La Núria arrufa les celles—. Jagina, gegina, gigina, jogina, jugina... —Els mira—. Cap paraula d'aquestes no vol dir res.

Ja són molt a prop de l'institut.

—Ei! —fa la Gisela aturant-se—. Torna a repetir-les totes, Núria.

La Núria obeeix i lletreja exageradament cada síl·laba. En acabat, la noia diu:

—Georgina. És l'única que té sentit.

El Jordi se la queda mirant i li clava un cop a l'espatlla que fa que la Gisela bufi:

—Apa, que ets bèstia!

Però ell ni se n'adona. Amb els ulls brillants murmura:

—Sí! És clar! És Georgina! És el nom de la Joa! Ho enteneu?

Tots quatre s'han aturat, sorpresos. Sí, és cert, la Joa es fa dir Joa, però en realitat es diu Georgina. Tothom ho sap.

—I segur que va dir això? —pregunta l'Oriol.

—Després, a l'hora d'esmorzar, ho sentireu. He dut el magnetòfon petit de la meva germana. Aquest matí l'hi he fotut. Ja ho veureu, ja!

Entren al gran edifici. El Jordi no cap a la pell. Caram! La psicofonia resultà millor del que es pensava. Quan vegi la Joa serà el primer que li dirà. A veure si amb una mica de sort aconsegueix convèncer-la per fer-ne més!

* * *

La directora de l'institut és al seu despatx quan algú pica a la porta i espera que li ho indiquin per entrar-hi.

—Endavant —diu la Roser Camps.

El lampista obre la porta i des del llindar, diu:

—Perdoni, li volia ensenyar una cosa.

—Qui...? Ah, sí, el lampista! Passi, passi.

El xicot entra, es fica la mà a la butxaca, en treu el micròfon i el deixa damunt la taula.

—He trobat això enganxat sota la pica del lavabo.

La Roser Camps se'l mira amb curiositat.

—Què és? —pregunta.

* * *

La Joa arriba quan la classe ja ha començat. És un quart de nou. Gairebé sense que la sentin murmura un «Em sap greu» i va directament a seure al seu lloc. El professor ha fet una pausa, tot movent el cap en un gest recriminador, i continua parlant fins que es gira d'esquena per escriure les operacions a la pissarra. Llavors el Jordi es tomba i en veu baixa crida la Joa, que seu a la fila del costat, un pupitre més enrere.

—Joa! Ei, Joa!

La Joa té la vista fixa en el professor que va dient:

—... i aquestes taules donades permeten calcular els límits que són resultat d'operar dues successions, excepte en els casos corresponents als quadres amb interrogant, que podem simbolitzar així...

—Ei... Joa! Joa, mira'm!

El professor calla, es gira i mira el Jordi. El noi no se n'adona. Continua cridant la Joa.

—Tens alguna cosa a dir, Jordi? —La veu del professor el sobresalta—. Podries fer-ho en veu alta i així ho sentiríem tots.

El Jordi es redreça bruscament.

—No... No res...

—Si torno a sentir-te parlar, sortiràs de classe.

El noi abaixa el cap. Uix! Quin os de profe! La mare que el va...

* * *

La directora ha empal·lidit i es queda mirant el micròfon com aquell qui veu visions.

—On diu que l'ha trobat?

El xicot repeteix l'explicació i afegeix:

—Jo, si fos vostè, trucaria la policia. On n'hi ha un, n'hi poden haver més.

Les faccions de la Roser Camps es contrauen en un gest de sorpresa incrèdula.

—Però... qui pot haver estat? Això és absurd! Vol dir que és de debò? Potser és una imitació...

El lampista s'arronsa d'espatlles. Es duu la mà al cap i saluda com un marine dels EUA.

—Vostè mateixa. Jo ja he dit el que feia al cas! Bon dia tingui!

* * *

Deu minuts abans d'acabar la classe, la Joa s'aixeca, va cap al professor i, en veu baixa, diu:

—Puc sortir fora? No em trobo bé. Estic una mica marejada.

El professor la mira. Efectivament, avui la Joa fa molt mala cara. Està pàl·lida i ullerosa.

—Vés a buscar la tutora —li recomana.

—No, no cal. Aniré al lavabo a beure aigua. Ja em passarà.

—D'acord.

La Joa surt i tanca la porta amb cura rere seu. Si s'afanya, amb deu minuts té temps de sobres per anar a la sala dels ordinadors i comprovar si els magnetòfons continuen al seu lloc. Abans, però, passarà per la sala de professors.

Baixa l'escala a pas lleuger. No troba ningú. En aquesta hora tothom és a classe. Arriba a la sala de professors. La porta és tancada, però el pany no sembla que hagi estat adobat, encara; per tant, subjecta el pom amb força, fa una estrebada i obre la porta.

I es queda clavada. Perquè a dins hi ha la directora parlant amb el cap d'estudis, en Jaume Simó. Tots dos han interromput la conversa i la miren amb severa sorpresa:

—Què hi fas, aquí, Joa? Per què has obert d'aquesta manera?

La Joa ara no menteix quan diu, en to defallit:

—No em trobo bé. Em roda el cap.

Les cames li flaquegen. El cap li roda de debò. I abans que no caigui a terra, la Roser Camps i el cap d'estudis arriben a temps d'agafar-la i fer-la seure en una de les cadires que hi ha arrambades a la paret.

—Vés a buscar la Miracle —demana la Roser al Jaume

Simó. I mentre el cap d'estudis surt a pas ràpid, la directora es treu un paquet de mocadors de paper de la butxaca, n'extreu un i el passa pel front de la noia, perquè, en pocs segons, s'ha amarat de suor.

—Què et passa, Joa? Que tens cap problema?

La Joa mou lentament el cap fent que no. La directora mira amb impaciència cap a la porta. Com triga la Miracle! En aquest moment, la dona que fa les funcions de secretària, encarregada de les begudes, i senyora per a tot de l'institut, entra a la sala amb el Jaume Simó. Duu una ampolla d'aigua i un got de paper parafinat.

—Ha vomitat? —pregunta omplint el got d'aigua.

—No —respon la Roser.

La Miracle li acosta el vas a la boca.

—Beu, maca, l'aigua ho tira tot avall.

La Joa obre els llavis. S'empassa una mica de líquid. Dos glops amb prou feines. I s'ennuega. S'aixeca com impulsada per una molla i escup l'aigua tan bruscament que esquitxa la Miracle i la Roser, que no han tingut temps d'enretirar-se. Dreta, inclinada sobre si mateixa, tus com si hagués de treure els budells per la boca. Li falta l'aire. Allarga una mà i s'arrapa al braç que, instintivament, li ofereix la Miracle. Boqueja. Està blanca com un full de paper. S'incorpora. Tremola visiblement. La Roser la mira, espantada. Per un moment ha temut que això no fos algun atac d'epilèpsia o vés a saber què.

—Però, criatura, què et passa? —demana, nerviosa.

La Joa no respon. Respira amb força, intentant regularitzar el ritme. La Miracle li agafa el canell i li pren el pols.

—Va molt ràpid —diu mirant els seus companys—, però és normal després de l'esforç.

La Joa torna a seure. Encara respira amb la boca oberta. Però de mica en mica va asserenant-se. La Roser, dreta davant seu, diu a la Miracle en veu baixa:

—Potser hauríem de dur-la al dispensari.

I l'altra, en el mateix to, respon:

—No, espera. Això deuen ser nervis. En temps d'exàmens, tota la canalla es posa nerviosa —I en veu alta, en to maternal, diu a la Joa—: Què, nena? Ja et trobes millor, oi?

La Joa assenteix amb el cap.

La Miracle somriu, satisfeta. Què li han d'explicar a ella, si s'ha passat tota la vida aquí, voltada d'estudiants i fent til·les a litres?

—Doncs ara et faré unes herbes —diu—, i d'aquí a deu minuts, com si res. Ja ho veuràs.

La Joa fa que no i, dèbilment, murmura:

—No m'agrada, la til·la.

La Miracle li dóna copets a la mà:

—No hi fa res! La til·la és bona per a moltes coses. —Mira la Roser—. Me l'emporto a baix i la faré estirar una estona. Aviat li passarà.

—Vols que t'ajudi?

La Miracle ja ha agafat la Joa pel braç. La noia s'ha aixecat sense oposar resistència.

—No, no cal. Pots caminar, oi, maca? Doncs anem!

La duu agafada per la cintura. La Joa es deixa portar. Certament, fa molt mala cara.

Quan la Roser i el Jaume es queden sols, reprenen la conversa al punt on l'havien deixada quan la Joa els ha interromput.

—Doncs, què et sembla? És cosa dels nois o és millor avisar la policia?

El Jaume es frega la barba per sota. Caram! Quin assumpte més delicat!

—Crec que hauríem de decidir-ho en junta, parlar-ho amb els companys —diu, finalment.

La Roser Camps assenteix amb el cap. Sí, és el procediment usual, encara que ella s'hauria estimat més tirar pel dret i fer via.

—Bé —diu—. Convocaré una reunió urgent per a aquesta tarda a les cinc.

El Jaume fa el gest d'aturar-la:

—Espera, jo tinc una reunió a dos quarts de sis.

La Roser endureix el to de veu. Això és el que ella temia. Que entre els uns i els altres, el tema s'ajornés.

—Doncs deleguem el vot —diu—, perquè no em sembla convenient d'ajornar-ho. Ara parlaré amb els altres.

Van cap a la porta. En Jaume l'obre. En sortir, la Roser la tanca amb clau i recorda:

—S'ha d'avisar perquè facin arreglar aquest pany. Porta massa temps així.

—Tens raó. Ara mateix ho diré al Salvador.

—Escolta, Jaume. Com va, aquesta noia, la Joa?

—Que jo sàpiga no n'hi ha cap queixa, d'ella. És molt reservada. Pràcticament no es fa amb els companys, però segueix bé el ritme de la classe. Li ha anat bé repetir segon.

—La Miracle té raó. Deu haver estat un problema de nervis.

Capítol onzè

No hi faltarà pràcticament ningú, a la reunió que amb caràcter d'urgència ha convocat la directora. Això, si més no, és el que tots han assegurat. Fins i tot el cap d'estudis s'ho combinarà per poder-hi ser. El motiu, ja el saben i tots, en conèixer la notícia, s'han sentit profundament neguitosos.

Les preguntes que es fan íntimament no difereixen gaire les unes de les altres. Hi deu haver més micròfons amagats? On deuen ser? Qui ho deu haver fet? Per quin motiu? Xantatge? Quant temps deu fer, que hi són? Dec haver dit alguna cosa que em comprometrà?

Tots, qui més qui menys, masteguen una vaga sensació de culpabilitat. Tots, un cop o un altre, han comentat amb el company o la companya amb qui tenen més confiança, intimitats, confidències o indiscrecions que per res del món no voldrien ara veure airejades o en boca d'altres.

Van arribant i van seient a l'entorn de la taula. Es miren entre si de cua d'ull. Hi ha un ambient dens, carregat. Perquè... qui pot assegurar que no ha estat un d'ells?

Això és el que pensa la Roser Camps. Sap que el seu nomenament com a directora d'aquest centre no va ser ben rebut per part dels companys. El curs anterior, el primer que va passar aquí, va ser extremament dur. Semblava que tots estiguessin d'acord a fer-li la traveta, a posar pals a les rodes a la seva gestió. Però ella ha fet que el centre rutllés, i això no li ho perdonen, ni tampoc l'edat. Una directora de trenta-dos anys, en un claustre on l'edat mitjana és de quaranta-cinc o cinquanta, té dificultats. Però, per què l'espien? Què esperen trobar? Un error descomunal? Una gestió mal resolta? Proves segons les quals afavoreix algun alumne en particular?

El cap d'estudis tampoc no està gens tranquil. Si es descobreix la seva relació amb l'Annabel, tindrà problemes seriosos. Com ha pogut embolicar-se amb una alumna i a més, menor d'edat? Algú li ha preparat aquest parany. N'està segur. Però, qui? Els alumnes o els seus propis companys? Quin profit en traurien els uns i quin, els altres? S'inclina pels alumnes. Li faran xantatge amb les notes. Són prou mesquins per jugar tan brut. A hores d'ara, ja ho deuen saber tots. Ara entén aquelles rialletes que fan de vegades les noies quan el miren. Si això s'escampa, serà la seva fi com a professor. Com ha pogut ser tan imbècil d'embolicar-se amb una alumna i, a més, menor d'edat?

El sots-director, des que ha sabut la mala notícia, està fent memòria i intentant recordar de qui ha parlat malament i amb qui ho ha fet. És clar que ell no parla malament perquè sí, sinó per assenyalar als altres els defectes que tenen i els errors que fan. Si no fos per ell, aquest centre no funcionaria ni la meitat de bé. Quants dies fa que va comentar a la directora aquí, en aquesta mateixa sala, que sospitava que la Maria Gràcia i l'Olga Ruiz s'entenien? De fet, ho va afirmar rotundament. Encara recorda que va dir: «Pots estar-ne ben segura, Roser, aquestes dues professores són lesbianes.» I quan la Roser Camps li va respondre que ni ell, ni ella, ni ningú, no n'havia de fer res, de les tendències sexuals dels seus companys, ell es va indignar molt i li va recordar que era la directora d'un centre que mai no havia tingut problemes d'aquest tipus, i va afegir: «I si això se sabés, en tindríem. Els pares dels alumnes posarien el crit al cel. I amb tota la raó!» Aquell dia, la Roser va ser més desagradable que de costum perquè, en lloc de donar-li la raó, com era la seva obligació, li va retreure: «Jo, de tu, aniria molt amb compte amb les afirmacions que fas, benvolgut sots-director. Ja has sofert un plet per difamació i calúmnia, i no crec que t'interessi tenir-ne un altre.»

El sots-director, recordant aquest incident, mira amb disgust la directora, que consulta nerviosa el rellotge. Ja passen deu minuts de les cinc i encara falten la secretària i el vice-cap d'estudis. L'home mou el cap sense adonar-se'n. És una hipòcrita, aquesta dona! Han tingut mala sort, amb ella!

La secretària de la junta acaba d'arribar. Saluda amb gest sever els seus companys i pren lloc a la taula. Alta, prima i seca, sembla una institutriu anglesa de pel·lícula antiga. Aquesta és la definició que fan tots d'ella, els professors i els alumnes. Li diuen la «Tuti». El seu nom és Olga Ruiz. Ella també té la consciència bruta. Hi deu haver un micròfon al seminari de castellà? Si és així, algú ja sap que la seva suposada intoxicació per haver menjat marisc en mal estat, amagava en realitat un intent de suïcidi. Ho va confessar a la Maria Gràcia en un moment que totes dues van trobar-se al seminari. Perquè l'altra va intuir que li passava alguna cosa. La Maria va mostrar-se molt comprensiva. Va entendre que era molt dur que el company amb el qual havia viscut durant tants anys l'hagués deixada per una noia jove. I li va dir: «Hi ha molta gent que t'estima, Olga, jo t'estimo, i els altres companys. Això és el que has de valorar. El que tens, no el que deixes enrere.» Ella li va respondre que sí, que tenia raó, però que la depressió que arrossegava des del dia que en Joan va marxar, l'ensorrava més i més. Va fer un disbarat, prou que ho sap. El suïcidi no és cap solució, sinó un acte de covardia, però en aquell moment, quan es va prendre el tub sencer de pastilles, no hi veia sortida. Sortosament va reaccionar abans que no fos massa tard i va trucar per telèfon per demanar ajuda. Li pregava que fos discreta, que el que li explicava no sortís d'aquelles quatre parets. Si algú se n'assabentava...

Només falta el vice-cap d'estudis però la Roser decideix començar ja la reunió. Ho proposa i li ho accepten. La directora va de dret al problema:

—Tots sabeu de què es tracta. Cal decidir si avisem la policia o quina línia d'actuació prenem.

—Jo crec que hem d'actuar amb calma —intervé immediatament el sots-director—. I, sobretot, no fer mullader. Si els pares se n'assabenten, el nom del centre quedarà tacat per sempre més. —Mira els seus companys i, mentre parla, mou la mà dreta, grassona i tova, fent ones en l'aire—. Això deu haver estat una ximpleria d'un parell de xicots, cap verds, ja se sap. Fins i tot, dubto que funcionés.

—Jo no n'estic tan segur. —És el cap d'estudis qui parla—. I l'assumpte és delicat. Per tant, no podem menysprear l'autor o els autors d'aquest fet.

—Potser el que hauríem d'analitzar és a qui interessa el que es parla aquí, a l'institut —diu la directora.

La mà del sots-director oneja de nou:

—Bah! Bah! Jo no ho dramatitzaria tant! Recordeu que el micròfon s'ha trobat als vestuaris dels nois. Amb això crec que ja està tot dit. És una cosa que han fet entre ells.

—I com podem estar segurs que no n'hi ha cap més? —El Jaume Simó intenta mostrar un interès purament professional.

El sots-director es posa a riure i la papada li tremola. Està tan gras que els botons de la camisa amenacen d'obrir-se a cada gest que fa.

—Jo sóc un gat vell —diu amb èmfasi—. D'alguna cosa m'ha de servir l'edat, i conec el jovent. D'aquí a un parell d'anys em jubilaré, oi? Doncs podeu tenir la completa seguretat que en aquest temps que em falta no descobriré res de nou en els nois. Hi podeu pujar de peus.

La Roser Camps el mira. Una vegada més, el seu company intenta rebentar-li la reunió. Hauria d'estar-hi acostumada. És el que li va fer al llarg de tot el curs passat i li ho segueix fent en aquest. Però no li ho permetrà. Ignorant-lo clarament, mira la resta dels companys.

—Continuo pensant que hem d'analitzar aquest punt.

El sots-director somriu benèvolament, i mou el cap com dient: «Pobreta, és jove, deixeu-la fer.» El Jaume Simó està dient:

—Fonamentalment, interessa els propis alumnes. Avui he recordat el que va passar fa uns tres anys. Tu encara no hi eres, Roser, però es van amagar un parell de nois...

—Sí, ja ho sé —l'interromp la directora ràpida—. Però això és diferent.

—La motivació podria ser la mateixa. —És la primera vegada que l'Olga Ruiz intervé—. Poder saber les preguntes dels exàmens. Això els interessa a tots.

—Però llavors, per què als vestidors? Allà no hi anem, nosaltres, a parlar...

Es fa un silenci. El sots-director s'adona que ara és la seva. Hi entra disposat a enfonsar del tot la reunió.

—Llevat —diu en un to aparentment despreocupat— que no hagin estat els alumnes, sinó un de nosaltres... —Ho deixa en suspens i somriu intencionadament...

—Es pot saber què pretens? —La veu de la directora és extremament seca i dura.

—Jo? —Sembla la imatge pura de la innocència—. Només fer llum en un assumpte tan fosc com aquest. Observador com sóc, sé que tots teniu coses a amagar. —Mira l'Olga—. Coses que no us agradaria que sortissin a la llum. —Mira el cap d'estudis—. Coses que val més guardar en la intimitat de cadascú. —Mira obertament la Roser.

La directora li aguanta la mirada sense parpellejar i en un to irònic, disposada a jugar la darrera carta, li pregunta:

—I per què no t'hi inclous tu? Que potser has aconseguit la divinitat, ja? O és que ets per damunt del bé i del mal?

—Temo que sí, estimada directora. Un privilegi de l'edat i de l'experiència, maca. Jo ja he fet el meu camí. Sóc com un pare per a tots vosaltres i vosaltres sou com els meus fills. —Parla amb una cantarella, en el més pur estil paternalista—. Per tant, deixeu-me que us aconselli. Tu, Roser, duta per l'amor propi i l'afany de demostrar que ets qui manes en aquest centre, has inflat el problema. —Mira els altres beatíficament—. I no hi ha problema, estimats amics. Tot es redueix a l'entremaliadura d'un o dos xicotets. Res més.

La Roser s'adona que ha perdut la partida. Ho veu a

la cara dels seus companys. Perquè ells han sentit exactament allò que volien escoltar: que no hi ha cap problema, que no hi ha motiu per preocupar-se, que les seves intimitats continuen en lloc segur.

A l'hora de la votació la directora pot confirmar el que pensa: per tres vots a un (el seu) s'aprova deixar córrer l'assumpte. No ha passat res.

* * *

La Miracle ha insistit a acompanyar la Joa a casa amb un taxi. Quan han arribat diu de pujar-hi però la Joa s'hi nega.

—Ja estic bé, de debò. No cal.

—Si et fiques una estoneta al llit, demà ja et trobaràs millor —malgrat el seu to despreocupat, la Miracle no deixa de pensar que, efectivament, aquesta noia fa molt mala cara.

—És el que faré. Gràcies.

—I no et preocupis tant pels exàmens. Tots feu el mateix... —sospira la dona—. Si durant el curs estudiéssiu més, no us agafaria aquesta febre d'última hora. Au, adéu.

—Adéu.

La Miracle s'espera al carrer fins que la porta es tanca rere la noia. Llavors torna a entrar al taxi i li dóna l'adreça de casa. Aquesta canalla... Van de grans i són tan criatures! Haurà de pensar a comprar més til·la, se'n gasta a cabassos.

La Joa ha pujat l'escala a poc a poc i agafant-se a la barana. El cap encara li roda. Què li ha passat? Es deu haver espantat en trobar-se la directora a la sala de professors. Com podia suposar ella, que en aquella hora hi hauria algú? Encara se n'ha sortit prou bé. Però no ha pogut fer el que volia. I és importantíssim que ho faci. Demà ho tornarà a intentar.

Entra a casa, va cap al sofà i s'hi deixa caure. Damunt la taula tot està com ho va deixar ahir a la nit. Què fara, amb les cintes i el Medina? Les hi donarà sense transcriure. Ho té ben decidit. No es veu pas capaç de tornar-se a posar davant la màquina. Qui li hagi fet la broma ho pot haver repetit a les altres cintes.

D'esma, mira l'hora al rellotge de damunt el televisor. Són quarts d'una. Hauria de menjar alguna cosa. Aquest matí no ha esmorzat. Potser el cap li roda per debilitat. Va cap a la cuina i obre la nevera. En un plat, hi té una mica de verdura i un parell de talls de xai.

Ho prepara com si ho fes a càmera lenta. Ho posa a la safata i ho porta al menjador. Enretira la màquina d'escriure i seu a taula. Engega el televisor. Punxa la verdura amb la forquilla i s'ho emporta a la boca. Comença a mastegar. La vianda, ben ensalivada, va d'una banda a l'altra de la boca. I si s'ennuega? Molta gent mor asfixiada menjant. Escup bruscament al plat. Enretira la safata de davant seu. S'agafa el cap amb les mans i es posa a plorar.

* * *

A l'hora d'esmorzar el Jordi ha dut al bar el petit magnetòfon i ha deixat escoltar als seus companys la psicofonia que va fer ahir. I els companys no han tingut més remei que acceptar que, efectivament, sembla que la Veu hagi dit «Georgina».

Al migdia, de tornada cap a casa, el Jordi es debat entre un estat d'ànim exultant i impacient. Exultant perquè, finalment, ha aconseguit enregistrar alguna cosa; impacient perquè ara que ha trobat la persona idònia, ella s'hi nega. I amb les ganes que tenia d'explicar-li-ho, resulta que ha desaparegut. Després de sortir de classe tan bruscament, la Joa ja no ha tornat. Què redimoni li deu haver passat?

En passar per davant el bar que hi ha al xamfrà de casa seva s'atura bruscament. Enganxat al vidre de la porta hi ha un cartell que anuncia una conferència. El noi s'hi apropa i el llegeix, meravellat. És increïble! Quina sort! És fantàstic! La conferència, a càrrec del professor Joan Antoni Miranda Bravo, doctor en física i expert en psicofonies, serà a la Sala de les Columnes del Centre Cultural i Recreatiu, a dos quarts de vuit de la tarda. L'enunciat diu exactament:

«El doctor Miranda Bravo ens parlarà del seu darrer llibre, *Temps, espai i parapsicologia*, i l'acte es clourà amb un col·loqui.»

El Jordi ha de fer un esforç per no començar a botar aquí, al bell mig del carrer. Recoi, tindrà el professor Miranda Bravo al seu abast! Responent a les seves preguntes! Quina sort! Iu-húúú!

* * *

Asseguda a la taula del seu despatx la Roser Camps mira absorta en direcció a la finestra. Després de pensar-hi molt, ha de reconèixer que potser el sots-director no va errat. El micròfon el deu haver posat algú que vol fer la punyeta als seus companys. És propi dels estudiants, això. De totes maneres no s'ha de consentir, però, com podria esbrinar qui ha estat? Si pogués saber...

Ha tingut una idea. S'aixeca amb decisió i obre l'armari metàl·lic que té darrere. Agafa un disquet del petit arxivador i surt del despatx. Creua el vestíbul i puja al primer pis. Ara no hi ha ningú, a la sala dels ordinadors. Seu al davant d'un, hi posa el disquet i l'engega. L'autor d'aquest fet deu ser, probablement, un alumne brillant en informàtica i, per tant, les notes ho reflectiran. Aquí hi pot haver una pista. Una altra pot ser estudiar les professions dels pares. Un xicot que sàpiga manipular aquests estris, vol dir que hi està familiaritzat. Evidentment, el fill d'un enginyer de telecomunicacions hi té més possibilitats. I si no ho recorda malament, a tercer de BUP n'hi ha un que compleix aquests requisits.

Tecleja amb rapidesa les ordres d'accés a la informació. El llistat dels noms dels alumnes i les notes de cada avaluació apareixen a la pantalla. Quan està més concentrada, algú la distreu:

—Ah, ets aquí, Roser!

La directora tomba el camp. Al pas de la porta hi ha el cap d'estudis amb uns papers a la mà.

—T'estava buscant. Mira, ja ens ha arribat la confirmació que esperàvem. La setmana vinent portaran els tres ordinadors que faltaven i l'armari nou.

Distreta, la Roser respon:

—Molt bé!

El Jaume Simó plega els papers i els introdueix al sobre on anaven.

—I què en farem, d'aquest armari? —diu assenyalant amb el cap el moble mig desballestat que hi ha al racó.

—El treurem. Direm que se l'emportin —contesta la Roser, sense treure els ulls de la pantalla.

—Però abans l'haurem de buidar, oi?

Capítol dotzè

El Medina la mira, sorprès. Però quina animalada és, aquesta? A sant de què es fa enrere en el que havien quedat?

La Joa ni s'ha assegut. A peu dret li ha donat les tres cassettes i li ha dit:

—Té. I ja no te'n portaré més.

—Pe-però, Joa...! —Ha fet una ganyota amb pretensions de somriure incrèdul—. Això no m'ho pots fer! Necessito aquest material... Només hem fet dos episodis.

—Doncs busca't algú altre.

El Medina s'aixeca. Potser creu que dret la impressionarà més. I endureix el to de veu:

—Escolta, maca, això no és un joc. A mi no em pots fer aquesta putada. Si es tracta de diners, en podem parlar.

La Joa es posa bé la corretja de la bossa damunt l'espatlla i fa mitja volta. D'esquena, tot anant cap a la porta, diu:

—Encara que em paguessin el doble.

Amb quatre passes ràpides, el Medina l'atrapa i l'agafa pel braç:

—No em pots deixar penjat d'aquesta manera! —Ha canviat el to de veu, ara suplica—. Per favor, Joa, et necessito.

—Ho sento.

La Joa posa la mà al pom de la porta. El Medina es posa al davant per impedir-li el pas.

—Espera! Vull saber què ha passat!

La noia li clava els ulls i el Medina se sent sobtadament incòmode. La mirada de la Joa és estranya. Un pensament li creua veloç la ment i insinua:

—Joa... No deus tenir pas problemes de...? Si és així, jo no...

La Joa l'agafa amb energia. Fa girar el pom i obre la porta.

—Adéu —respon en to neutre.

El Medina s'ha quedat quiet al petit rebedor. Ell mateix empeny la porta que es tanca amb un soroll sec. Amb les mans caigudes al llarg del cos torna, lentament, cap a la taula de l'ordinador. S'asseu a la cadira i mira la pantalla sense veure-la.

Ara entén moltes coses. De fet, sempre l'havia intrigat que una noia com aquesta fes una feina tan bruta. Del Paulí Doscentscinquanta, no se'n va estranyar; s'adeia amb ell. Però amb la Joa sempre s'havia fet aquesta pregunta. Ella mateixa, en aquelles converses que tenien, li explicava que molts companys seus cuidaven nens petits per tal de guanyar uns diners. D'altres, repartien propaganda per les bústies, o els dies de festa donaven un cop de mà al bar d'uns amics.

—La majoria de la gent de la meva edat busca la forma de fer unes quantes peles d'una manera o d'una altra —havia precisat.

I ella treballava per a ell. I en treia un bon feix... Però, com és que no hi havia caigut abans? La droga és molt cara. Aquesta és la clau. Ara ho entén. Per això acceptava tot el que ell li demanava. Però, com devia aconseguir els enregistraments?

Se sent neguitós. Si hagués sabut que tractava amb una persona enganxada a la droga no s'hi hauria embolicat. Aquesta mena de persones sempre, més tard o més d'hora, acaben portant problemes. I si s'escampen els mètodes que ell fa servir per escriure els guions, li'n pot caure una de bona al damunt.

Sospira profundament i mastega un parell de bons renecs. Haurà de buscar algú que substitueixi la Joa, però on? Com? Maleït siga! Tan bé com anava tot fins ara...!

* * *

La Joa ha tornat cap a casa amb un taxi. No s'ha vist amb cor d'agafar el metro ni l'autobús. Se sent marejada. Ha de menjar alguna cosa. Ha de fer un esforç. Potser si passa la verdura per la trituradora...

A la porta de casa l'espera el Jordi que, quan la veu, corre cap a ella i la metralla sense respirar:

—Ei, Joa! Finalment has vingut! T'estava esperant! Escolta, vols venir amb mi a una conferència? Escolta, és superinteressant! Apa, digues que sí! Anem? Comença d'aquí a mitja hora.

La Joa ha escoltat el discurs sense moure ni una cella. El noi la té agafada pel braç i la sacseja, com si així aconseguís fer-se entendre millor.

—Què? Anem?

Llavors, molt bruscament, la Joa li clava una empenta que fa que el noi, agafat per sorpresa, perdi l'equilibri i estigui a punt de caure d'esquena.

—Ets un cabró! —li diu—. Com t'atreveixes a parlar-me, després del que m'has fet?

El xicot bada els ulls, totalment desconcertat.

—Joooo...? Què t'he fet, jo?

—Prou que ho saps, malparit!

El deixa amb la paraula a la boca i desapareix rere la porta de l'escala.

El Jordi triga uns segons a reaccionar.

—Òndia...! No entenc res, de res, de res! Quina tia més estranya! —Mira l'hora al rellotge—. Recoi, encara faré tard! Això em passa per burro. Si hi hagués anat sol, ja hi seria!

I es posa a córrer pel carrer com si l'empaités la policia.

* * *

Ha aconseguit empassar-se un got de llet on ha barrejat quatre galetes. Per sopar es farà un puré.

Amb l'estómac ple se sent més animada. De mica en mica, la idea que tot ha estat una broma de mal gust, va prenent consistència en la seva ment. Ha recollit de la taula tot el que li recorda el Medina i els enregistraments. S'ha acabat, aquesta feina. Per sempre. Mai més a la vida no tornarà a enregistrar res. Ni per al seu propi plaer.

Va a la seva habitació i obre l'armari. De dalt a baix, té els prestatges plens de cintes enregistrades. Hi ha converses personals i converses d'altres. Les llençarà. S'ha acabat. Allarga la mà i n'agafa una a l'atzar. Hi ha una etiqueta enganxada amb la data i el lloc on la va enregistrar. És una de les darreres converses amb el Medina. La mira durant uns instants i torna a deixar-la al seu lloc. Sí, les destruirà, però en un altre moment. Ara se sent cansada.

Torna al menjador. Necessita distreure's, fer un tall en el temps. Treu els llibres de text de la cartera. Demà té un examen. El millor serà posar-se a estudiar.

Engega la ràdio, sintonitza una emissora de freqüència modulada que sempre emet música actual i seu a la taula. Obre el llibre i clava els colzes.

* * *

La sala de les Columnes és plena de gom a gom. El Jordi, com que ha arribat tard, no ha aconseguit trobar lloc i és al passadís, repenjat a la paret i escoltant amb tota l'atenció del món.

El professor Miranda Bravo és un home d'uns seixanta anys, d'aspecte agradable, pulcre i polit. Parla molt pausadament, fent inflexions de veu. Duu ulleres de carei negre i de tant en tant fa un glop del got d'aigua que li han posat damunt la taula. Té els cabells i la barba, curta i ben retallada, força blancs.

El públic l'escolta en silenci, pendent de les explicacions que el professor fa sobre la física de les partícules subatòmiques remarcant la importància de la Nova Física, atès que pot representar el canvi més gran de la història de la humanitat. Recorda com va ser d'important el pas de l'Edat de Pedra a la dels Metalls, el naixement de la ciència o el descobriment de l'energia atòmica, i insisteix:

—El que han descobert els físics en aquest primer quart de segle, han estat unes noves dimensions que van més enllà del món tridimensional que nosaltres percebem, i que representa la geometria euclidiana que hem après. Tot el que impliquen els descobriments de la relativitat d'Einstein i els conceptes de la física quàntica és aquí, com un desafiament disposat a fer un canvi en la trajectòria de l'ésser humà. Òbviament, la responsable d'aquest salt endavant no serà només la física, també la parapsicologia científica, la psicologia i tot el patrimoni de les institucions, la religió, la poesia... Qualsevol ciència que aprofundeixi prou és capaç de dur-nos a aquestes altres dimensions. Però en aquest moment és la física la que ha assolit un protagonisme major...

* * *

La directora de l'institut ha fet venir el conserge al seu despatx i li dóna una ordre ben precisa:

—A dalt, a la sala dels ordinadors, hi ha un armari ple de paperam i d'arxivadors. Buidi'l. Deixi-ho tot ben posat a terra.

—És urgent? Vull dir que si vol que ho faci avui o pot esperar a demà.

—Mentre demà a la tarda sigui buit, m'és indiferent.

—Molt bé.

* * *

El conferenciant ja ha donat pas al torn de preguntes. Hi ha força paraules demanades. El Jordi també s'hi ha apuntat. Una noia de complexió atlètica pregunta:

—La intuïció és un fenomen paranormal?

—Sí, i dintre dels fenòmens endocorporis és el més abundant i, per la mateixa raó, el menys valorat. De fet, és una manifestació de la percepció extrasensorial, és a dir, una manifestació no elaborada, no processada pel cervell pensant i que en realitat correspon a un, diguem-ne llampec, emès pel coneixement de l'inconscient en front d'un estímul no identificat. A les cultures orientals aquest fenomen és conegut com *satori* i aquest és el nom que es dóna a la persona que ja és conscient de la seva capacitat intuïtiva i adopta un sistema de vida que afavoreix aquesta facultat.

Ara és una senyora de mitjana edat, molt ben arreglada, qui vol saber:

—Quina interpretació en dóna, la parapsicologia, de l'atzar, la casualitat?

El professor localitza de quina part de la sala ve la veu i li respon:

—L'atzar, tal com el tenim conceptuat, no existeix, ja que tot és fruit de la interacció d'un o de diversos factors que actuen perquè el fet es realitzi. És indiscutible que qualsevol efecte observat és el resultat de la intervenció de quelcom. Per tant, podem assegurar que, perquè quelcom es produeixi, hi ha d'haver un agent que ho provoqui —El conferenciant somriu—. Aquest agent desconegut és el nostre enigmàtic amic en el món de la parapsicologia.

El Jordi alça la mà immediatament però algú se li avança i pregunta:

—Es poden fer psicofonies d'una forma activa? Vull dir, fer preguntes en lloc d'esperar a enregistrar de forma casual. I també li agrairia que em digués què és la càmera Faraday. Gràcies.

—Efectivament, les veus que no sentim pel conducte auditiu normal, però que queden enregistrades en les cintes magnetofòniques, poden contestar a les nostres preguntes; ens diuen pel nostre nom i ens poden alertar sobre esdeveniments que succeiran en un futur immediat. La càmera o caixa Faraday és una caixa metàl·lica dintre la qual es posa el magnetòfon. Va ser mitjançant aquest sistema i d'altres semblants, com es va poder descartar que l'aparell enregistrés en realitat ones hertzianes, ja que aquestes ones queden frenades pel metall. Contràriament, les psicofonies es capten igualment. I tinguem en compte que hi ha casos en què s'han sentit aquestes veus a través de la ràdio, entremig de la música, i pel televisor.

Ara sí que ningú l'atura i el Jordi es dispara:

—Voldria preguntar algunes coses. Primera: Aquestes veus poden ser de persones mortes? Segona: Poden ser maniàtiques? Vull dir, que per molt que les cridis, no els doni la gana de venir. Tercera: Si la psicofonia es fa en un cementiri, s'aconsegueixen millors resultats? Quarta: Es pot fer cas de tot el que diuen? Moltes gràcies.

Se senten rialles a la sala i el professor acluca una mica els ulls per distingir l'autor de les preguntes. Quan el té localitzat, diu:

—Caram! Me les hauré d'apuntar per no deixar-me'n cap. Vejam, referent a la primera qüestió, et diré que sí; pels estudis que s'han fet i es fan, sembla correcte relacionar aquestes veus amb persones mortes. Sobre si són o no maniàtiques... —Fa amb les mans un gest prou eloqüent—. No sé què dir-te, potser capritxoses seria la paraula més adequada. Jo fa vint anys que investigo el tema i encara no he aconseguit establir una freqüència coherent. De vegades em passo dos mesos intentant enregistrar una veu, i d'altres, en tres o quatre dies se n'enresgistren a grapats, fins i tot sembla que vinguin a onades. La tercera pregunta que em feies... —Dubta un moment i continua—. Ah, sí! Mira, sembla que hi ha llocs més propicis que d'altres per a realitzar psicofonies; per exemple, els llocs on hi ha hagut una gran tensió psíquica. Com indrets on durant la guerra hi va haver durs combats, cases o masies abandonades, runes de monestirs, d'esglésies velles i tancades... Els cementiris, però, són una altra història. Perquè si el que anem a buscar és captar aquesta *cosa* que sembla perdurable, el més segur és que als cementiris no la trobem, perquè aquesta *cosa* no es queda surant entre unes restes que no li diuen res, sinó que vagarejarà per aquells llocs que va estimar en vida, on va ser feliç, on potser encara hi queda família que resa per ell i el plora. Per tant, per ètica i per respecte, cal abstenir-se de fer aquestes pràctiques en un lloc com aquest. I em sembla que amb això ja t'ho he contestat tot, oi?

El Jordi torna a alçar la mà i diu precipitadament:

—No! En falta una! És si podem fer cas del que ens pronostiquen com a futur. Si diuen que s'aprovaran els exàmens, per exemple.

Les rialles són ara més accentuades i el noi mira cap al públic fent una ganyota. «Que estúpids!», pensa. «Cadascú pregunta allò que vol, oi?»

El professor també riu:

—Noi, em sembla que és més prudent estudiar que no deixar els aprovats en mans d'uns desconeguts. De totes maneres —es posa seriós—, sí que s'ha comprovat que aquestes veus paranormals són, fins a cert punt, aficionades a pronosticar fets que, generalment, succeeixen tal com han estat anunciats. Però no sempre és així, ja que també hem comprovat l'existència de veus que podríem anomenar «esporàdiques» i a les quals no se'ls ha de fer cas, ja que solen fer brometes de molt mal gust, malintencionades i, fins i tot, macabres. Conec més d'una persona que ha viscut moments d'autèntica angoixa per aquest motiu. I és que amb la psicofonia, com amb la pràctica de l'*oui-ja* o amb qualsevol altre mètode d'espiritisme, cal anar molt amb compte, ja que no sabem en realitat qui hi acut. I hem de comptar amb la presència de baixos astrals o dels psinergètics captables que pul·lulen al nostre entorn disposats a enganxar-se'ns i, d'alguna manera, a viure a través nostre.

Una noia molt jove i molt baixeta s'aixeca per preguntar:

—Així, són perilloses, la psicofonia i l'*oui-ja*?

El professor es pren temps per contestar:

—Per elles mateixes, no. El que passa és que les pràctiques psíquiques de qualsevol tipus comporten conseqüències imprevisibles, ja que en més d'una ocasió es desperten o es desencadenen forces incontrolades d'origen no conegut i que, en general i en la terminologia ocultista, qualificaríem de negatives. El perill més real, però, va en funció de l'actitud que té la persona davant d'aquestes pràctiques, ja que per les seves característiques solen provocar comportaments obsessius i fins i tot, histèrics. Si la persona és centrada i equilibrada, i dóna a les pràctiques dels fets paranormals el valor d'un estudi sistemàtic i normal, llavors és difícil que tingui problemes. I més si es manté, com cal fer, en una actitud respectuosa.

Encara hi ha moltes paraules donades. Ara qui s'aixeca és un home de...

* * *

El temps ha passat lentament. La Joa continua asseguda a la taula del menjador amb el cap recolzat damunt la mà esquerra. Ha aprofitat bé la tarda. El rellotge de damunt el televisor assenyala que és un quart i mig de deu.

Per l'emissora de freqüència modulada s'escampa la veu del Loquillo que, a bord del seu *Cadillac Solitario*, es lamenta que «*Siempre quise ir a Los Angeles, dejar un día esta ciudad, cruzar el mar en tu compañía...*».

De sobte es fa el silenci, com si algú hagués abaixat, de cop, el so. La Joa, sorpresa, alça el cap, mira enrere i sent la Veu que parla molt clarament:

—Georgina... moriràs ofegada...

I s'enllaça amb... «*probablemente me habrás olvidado...*».

Capítol tretzè

Després d'esmorzar, el bidell decideix d'anar a complir l'encàrrec de la directora. Amb l'estómac content es treballa millor i encara més, si s'han de carregar paquets. Amb pas cansat, el Salvador puja l'escala, en direcció a la sala dels ordinadors.

Dret davant l'armari que cal buidar, bufa fort. Recoi! I tant, que és ple! Mira a terra tot buscant un lloc on deixar els arxivadors. Ha de ser una mica apartat per poder moure el moble després, i fer lloc per al nou.

Sense matar-s'hi gens, es posa a la feina.

* * *

La tutora treu el cap per la porta. Són dos quarts i mig de nou, i la Joa encara no ha arribat. La Miracle, quan han coincidit a la porta, també li ho ha preguntat. Realment, ahir tenia molt mal aspecte.

* * *

A un quart de deu, a l'escola no s'ha rebut cap trucada de part de l'alumna Georgina Sierra. A dos quarts de deu, la tutora truca a casa de la noia. No contesta ningú.

* * *

La Roser Camps està parlant per telèfon quan el Salvador, després de fer un parell de trucs a la porta, entra al despatx. Duu una bossa de plàstic a les mans. Espera que la directora pengi i diu:

—Senyora Roser, he trobat això a l'armari.

Hi fica una mà i treu un magnetòfon petit que deixa damunt la taula. Repeteix el gest cinc vegades més.

—Eren darrere d'uns arxivadors —aclareix.

La directora els mira com si veiés visions. Se li ha alterat el ritme respiratori. Vacil·lant, allarga la mà dreta i n'agafa un. El mira i obre el compartiment on es posa la cinta. Alça el cap i mira interrogativament el Salvador. El conserge s'arronsa d'espatlles.

—Jo no sé què és això —diu—. No hi entenc, però no sé què hi feien allà guardats. Són seus?

La Roser Camps respira profundament.

—Gràcies, Salvador. Deixi-ho aquí i ja l'avisaré si necessito res més.

El Salvador va cap a la porta.

—Ah! L'armari ja és buit i l'he corregut cap a un cantó.

—Molt bé.

Quan la directora es queda sola es repenja al respatller de la butaca, Déu meu! Sis magnetòfons! Què vol dir, això? Que hi ha sis micròfons? O potser més. Què ha de fer? Segons les normes, tornar a convocar una reunió. Mira el telèfon que té damunt la seva taula. Al cap d'uns instants allarga la mà, agafa l'auricular i marca el número de la policia.

* * *

El Jordi s'ho ha pensat molt i molt bé, i finalment ha decidit posar-se a la butxaca el magnetòfon petit que ha «birlat» a la seva germana i anar a veure la Joa. Ha d'intentar aclarir el motiu del seu comportament d'ahir. Pensa mostrar-se molt amable i conciliador. Potser és una abaixada de pantalons, ja ho sap. En realitat hauria d'estar ofès ja que allò que li va dir va ser molt desagradable. Però és millor oblidar-ho; si més no, la investigació requereix ser magnànim i pràctic. I ell, com a bon investigador, és magnànim i pràctic.

Ha fet els deures havent dinat i ha repassat per damunt els temes per demà. Ara per ara, els exàmens li van força bé. Tampoc no és com per punxar a l'últim moment.

Quan arriba a casa la Joa són tres quarts de cinc. Què redimoni li deu passar? Avui no ha vingut a classe. Ahir feia mala cara. És que és ben histèrica!

La porta de l'escala està tancada. El noi pitja el botó de l'intèrfon. Espera. No contesta ningú. Insisteix. Cap resposta. El més bo del cas és que ell està segur que la Joa hi és, el que passa és que no vol obrir-lo. Retrocedeix d'esquena per la vorera i mira enlaire. La finestra del pis que calcula que correspon al de la Joa està tancada, però la persiana està alçada. I tant, que hi és! Torna al llindar de la porta. Posa el dit damunt el botó i l'hi deixa una estona. Res. Llavors pitja el del costat. Una veu de dona vella demana qui hi ha.

—Propaganda comercial! —respon ell.

Al moment un brunzit metàl·lic li demostra que el truc

ha funcionat bé. Empeny la porta i va cap a les bústies que hi ha collades a la paret. Repassa els rètols fins que troba el que li interessa. Llavors puja els graons de dos en dos.

Al replà del segon pis i davant la segona porta, s'atura. No hi ha gaire llum, ja que la bombeta és fosa. Truca el timbre. Espera. Carai! Sí que és rebeca, la mossa! Alça la mà disposat a picar amb el puny. La descarrega amb força damunt la fusta. I la porta s'obre sota l'impuls rebut.

Instintivament, el Jordi es fa enrere. El cor li fa un salt. Però la curiositat pot més que la prudència de preguntar-se què fa la porta oberta. Allarga el cap i un peu. L'altre el segueix. Ja és dintre el rebedor.

Es queda amb la boca oberta i el primer que pensa és que han entrat lladres, perquè fins allà on pot veure, tot està desmuntat. Però desmuntat de debò, de dalt a baix: les cadires, tombades; el paper de la paret, mig arrencat; la porta de l'armariet dels comptadors, oberta. La mare del tano! Què redimoni ha passat aquí?

Avança pel passadís a poc a poc i crida:

—Joa...! Joa...! Sóc el Jordi...! Joa... que ets aquí?

El menjador no presenta un millor aspecte. Qui hagi fet aquesta destrossa també ha corregut el bufet com si busqués alguna cosa al darrere. I n'ha buidat el contingut. I s'ha entretingut a voler arrencar, també aquí, el paper de les parets. I ha fet baixar pel dret dos quadres, als quals, de la caiguda, se'ls ha trencat el vidre. La taula no se n'ha lliurat, del desgavell, ni els llibres, que apareixen escampats aquí i allà. Ni el televisor, que té el cable arrencat.

El xicot es torna a preguntar, una vegada més: «Però, què ha passat, aquí?» És com si algú hagués escorcollat fins a l'interior dels maons dels envans buscant alguna cosa. Però, qui? Què?

De tan sorprès i sobtat com està, el Jordi gairebé ha oblidat la noia. Un sorollet fi, com el miolar d'un gat, li ho recorda.

—Joa...? Però, on t'has ficat? Ets aquí? —crida el Jordi, espantat.

Seguint la pista del miol arriba fins al lavabo. La porta és ajustada. L'empeny a una certa distància. No vol més sorpreses. Però ningú no li salta al damunt, com gairebé esperava. I veu la noia arraulida a terra, entre la tassa del wàter i el bidet. Amb els cabells esbullats mig tapant-li la cara, i protegint-se el cap amb els braços. Sembla una bestiola acorralada.

—Però... noia, què t'ha passat? Què t'han fet?

El Jordi se li agenolla al davant. Li agafa les mans i amb suavitat les hi abaixa. La noia que ell mira sembla una desconeguda. Una ganyota que traspua autèntica desesperació li contrau i li deforma els trets de la cara.

Amb esforç, perquè no pot agafar-la bé, el Jordi la fa sortir del lavabo. La Joa es deixa portar fins al menjador. Allà, sense deixar-la anar, el noi enretira amb una mà els llibres que hi ha tirats al sofà i la hi fa seure. Després acosta una cadira i s'hi asseu.

—I ara explica-m'ho tot. —El noi intenta imprimir a la seva veu un to càlid, per donar-li confiança. La Joa no li treu els ulls del damunt; les dents li espeteguen com si estigués morta de fred.

—Espera, et portaré alguna cosa per tapar-te —diu ell. I va cap a la porta que veu a l'altra banda del menjador. Entra a l'habitació. És, ho dedueix de seguida, el dormitori de la Joa. Aquí també ha passat aquest vendaval furiós que ho ha destrossat tot. El més sorprenent, però, és aquesta pila de cassettes que hi ha per terra. La majoria, amb les cintes bruscament estirades i rebregades.

El Jordi torna amb una jaqueta a les mans i la hi posa per damunt les espatlles. Torna a seure.

—Bé, m'ho explicaràs, ara?

La Joa mou els llavis però no en surt cap paraula. El noi se li acosta. Finalment, amb un gran esforç, la noia murmura:

—Algú m'espia. Han posat micròfons per tot el pis. Em volen matar. He obert la porta perquè marxessin... Però potser hi són, encara.

El Jordi es fa enrere i obre molt els ulls:

—Què dius? Però, qui et vol matar? Qui ho ha fet, això? Si aquí només hi som tu i jo!

Amb el mateix esforç i molt baixet, la Joa respon:

—Jo... He estat buscant els micròfons, però no els trobo, no els trobo... —De sobte tira el cap enrere, tanca els ulls i xiscla—: NO ELS TROBOOOO...

El Jordi s'aixeca, atabalat, i li posa una mà damunt l'espatlla:

—Tranquil·la, dona, tranquil·la, ja els buscarem, jo t'ajudaré. Però... i les cintes que hi ha en aquella habitació...? De qui són i que hi fan, allà?

La Joa roman en la mateixa postura. No contesta. El Jordi repeteix la pregunta; llavors la noia mou el cap a poc a poc, obre els ulls i, amb la mirada perduda, respon:

—No ho sé, no les havia vistes mai.

El Jordi comença a posar-se nerviós. «Aquesta tia està com una cabra!», pensa. Què farà? Tot el seu pla se n'ha anat en orris. També és mala llet, carai! De cop sent que la mà de la Joa li engrapa el braç:

—Una Veu em parla. Em diu que moriré ofegada —murmura tan baix que el Jordi amb prou feines l'entén.

—Una veu? —fa, estranyat.

—Sí. —La Joa arronsa la mà dreta ben closa fins a

arrambar-la a l'escot i en treu un dit amb el qual assenyala la ràdio—: Allà —diu.

—He...! —mig riu, el Jordi. «Realment, està ben ruixada! Però potser cal seguir-li la veta». S'aixeca. Va cap a l'aparell.

—Des d'aquí? —pregunta.

—Ssssí...

Amb un gest decidit, el xicot gira el botó d'encesa. A l'instant s'escampen per l'habitació els acords d'una cançó de l'Albert Pla.

—Això, et fa por? —El Jordi torna al seu costat—. Si fa riure! Digues la veritat, Joa. Què has pres? Alguna droga? Alcohol? O has barrejat droga i alcohol? —I en un to més baix, parlant quasi per a ell, afegeix—: Perquè em sembla, nena, que tens un *delirium tremens* que no te l'acabes.

L'Albert Pla continua dient que «ho sento molt, ho sento molt, ho sento molt», quan la Veu torna a infiltrar-se amb el seu estrany so metàl·lic i neutre:

«Georgina... La mort et ronda.»

Tots dos xisclen alhora. Per diferents motius, però. La Joa s'ha inclinat sobre si mateixa i s'ha cobert el cap amb els braços. El Jordi s'ha posat dret d'un bot i gairebé s'ha clavat un cop al colze amb el bufet.

—Joa! Això és una psicofonia! És fantàstic!

Els sanglots de la Joa ressonen en el petit menjador. El Jordi corre cap al televisor. Amb les mans tremolant de pur nerviosisme, engrapa l'endoll i el torna a connectar a la xarxa mentre xiscla:

—I al televisor? També ho sents pel televisor? Vinga, digues! Recoi, tia, que ets histèrica! Si no passa res! És una psicofonia! No te n'adones? Òndia, quina sort!

Manipula els comandaments del televisor, però potser

per l'estrebada soferta, el cable està pitjor del que semblava a primera vista i l'aparell no s'engega.

—Ui, quina ràbia!

Corre cap a la noia. S'agenolla davant seu. L'obliga a separar les mans de la cara i les hi estreny entre les seves:

—Escolta'm, Joa. No hi ha ningú que t'espiï. M'has de creure. El que passa és que fas psicofonies involuntàries. Ho entens?

La Joa deixa de plorar tan sorollosament.

—Què dius? —pregunta, entremig de les llàgrimes.

—Que és una psicofonia. Ja et vaig explicar què era. Tu deus ser una persona molt sensitiva i els atraus.

—I per què em diuen que moriré ofegada?

El Jordi s'arronsa d'espatlles i intenta mostrar-se despreocupat:

—Bah! Bestieses! Perquè alguna cosa han de dir. O bé... —Se li està acudint una idea—. Potser volen posarse en contacte amb tu per dir-te alguna cosa i no sabien que t'espantaries tant.

La barbeta encara li tremola, a la Joa.

—És que és terrible, el que diuen.

Amb un gest paternal, el Jordi li passa una mà per l'espatlla:

—Ves, pobrets! Potser en el lloc on són, la paraula mort té un altre significat. Saps què podem fer?

Es posa dret i li allarga la mà, com convidant-la a seguir-lo en algun lloc.

—Esbrinar què volen!

La Joa no es mou; només alça el cap per mirar-lo.

—On?

—A l'únic lloc on és segur que hi són.

—Pe-però...

El Jordi esgrimeix al màxim la seva capacitat de seducció. Aquesta és una oportunitat d'or. Si la deixa perdre es dirà imbècil a si mateix durant tota la vida.

—Tu confies en mi?

—Ssss-sí.

—Doncs deixa't portar. Et juro que abans d'aquesta nit ja sabràs qui et crida i per què.

La Joa vacil·la. S'aixeca a poc a poc.

—Apa, afanya't! —diu amb urgència el noi mirant l'hora al rellotge—. Que tanquen d'aquí a una hora!

Mentre la Joa va a buscar la seva caçadora, el Jordi mira dissimuladament quants diners porta. Perquè ara han d'agafar forçosament un taxi i després no tornaran a peu, és clar...

Capítol catorzè

El taxi els ha deixat davant la porta del jardí del cementiri. Són dos quarts de sis de la tarda i el cel es va enfosquint per moments. El Jordi paga la carrera, baixa del vehicle i ajuda la Joa a fer-ho. La noia, ara amb els ulls ben secs, es deixa portar. De fet, es comporta com si hagués perdut tota mena d'interès per l'exterior. Té la mirada perduda, abstreta. En tot el trajecte no ha preguntat res. No ha dit ni mitja paraula.

Ara camina pel jardí en direcció a la porta principal del cementiri de l'Est, popularment conegut com «el Vell», paternalment conduïda pel Jordi, que la duu agafada per l'espatlla.

Potser alguna de les persones amb qui es creuen es pensen que es tracta d'una parella de promesos que van a visitar el nínxol d'algun parent mort.

El Jordi tampoc no ha badat boca des que han pujat al taxi. Ha tingut prou feina a fer callar un rau-rau que l'esgarrinxava per dintre. Potser no està gaire bé aprofitar-se de l'estat idiotitzat de la Joa per anar a fer, finalment, aquesta prova amb què ha estat somiant des de fa tant de temps. Però el desig i les ganes de dur-ho a terme passen per damunt de qualsevol altra consideració. Pensant-ho bé, ha de reconèixer que ha estat de sort. Si ella s'hagués trobat en bones condicions, probablement no hauria aconseguit convèncer-la de cap manera.

Ara, camí de la porta principal, el Jordi es concentra en el punt que és més delicat: els deixaran entrar? Falta poc perquè tanquin. I si el vigilant els veu passar, el més lògic és que després esperi veure'ls sortir. Com ho solucionarà, això?

A mesura que s'hi acosten, el xicot sent que se li accelera el ritme cardíac. El vigilant no és el mateix que hi havia el dia que va venir amb els de la seva classe, i està d'esquena, parlant amb una senyora gran. El rètol que hi ha a la porta ho diu ben clarament: «Horari d'obertura al públic, de 10 h. a 18 h.» Si el vigilant no es mou no els veurà...

Ja han traspassat la segona porta. El Jordi se sent envaït per una gran satisfacció. Tot li està sortint rodó, de moment. Gradualment ha anat accelerant el pas. Recorda molt bé per on han de passar... perquè les psicofonies les farà al departament dels panteons i les escultures.

Ara, colgat ja per les ombres de la nit, el cementiri resulta patètic i terrorífic. La manca d'arbres, la silueta descarnada de la pedra, l'abandó i la brutícia de les làpides, les flors passades i pudents que pengen d'un gerro o ja són per terra ofereixen la impressió, en una sarcàstica contradicció, de ser elements vius. Vigies estàtics que poden posar-se en moviment de sobte.

El Jordi, però, no veu res que no sigui arribar al punt que vol i amagar-s'hi. I la Joa sembla no haver-se adonat d'on és.

Han fet el recorregut sols. Probablement, a l'hora que

és i en un dia d'hivern com el d'avui, a aquestes hores el cementiri ja és buit.

Han arribat a la zona de les escultures. És tan fosc, ja, que amb prou feines poden caminar sense córrer el risc d'ensopegar amb un graó o la cantonada d'un panteó. Ara el Jordi lamenta no haver pensat a agafar una llanterna, però, qui li havia de dir que avui tindria aquesta meravellosa oportunitat? I encara sort que duu el petit magnetòfon i una cinta verge!

A les sis en punt el municipal fa la darrera ullada des de la segona porta, per pura rutina. Prou que ho sap, que ja no queda ningú, aquí dintre! A pas lent, va cap a l'oficina i tanca la porta amb clau. Va als lavabos i també hi fa una ullada. També per pura rutina. La finestra d'un dels wàters té el vidre trencat. És la que dóna a l'interior del jardí. Fa anys i panys que està així. És cosa de la canalla que, quan no tenen res més a fer, fan punteria a cops de pedra. Surt i ajusta la porta.

En acabat arrossega, amb un cert esforç, la gran porta de ferro. Li ha de clavar una bona estrebada perquè s'encaixi bé. Treu la clau grossa i hi fa dues voltes. S'alça el coll de la gavardina. Renoi, quin fred que fa! Es nota que d'aquí a una setmana ja serà Nadal! Au, cap a casa falta gent!

I tot xino-xano el vigilant travessa el jardí, ara completament a les fosques, i desapareix carrer enllà.

El Jordi també sent el fred que comença a glaçar-li la cara i les mans. Per tal de protegir-se'n una mica, ha obert, a les palpentes, la porta d'un panteó dels de construcció en forma de petit temple, i hi ha entrat arrossegant la Joa amb ell. La fortor que hi fa és gairebé insuportable.

A la migrada llum de l'encenedor ha pogut veure, durant uns instants, un altar i dos reclinatoris, colgats de pols i de teranyines.

—Vine, Joa, seu aquí —i la fa seure, gairebé empenyent-la, en un d'ells.

La Joa obeeix. Ell s'asseu a l'altre, amb el coll de la caçadora alçat i les mans ficades a les butxaques. La veritat és que comença a sentir-se inquiet. Malgrat que no vulgui reconèixer-ho, el lloc l'està començant a posar nerviós. I l'actitud de la Joa, hi ajuda. Perquè és millor estar sol que no acompanyat d'una mena de *zombie*. Recoi! Però, quina tia més estranya! S'ha quedat totalment penjada. Amb ganes de sentir una veu coneguda, diu:

—Què, Joa? Fa fresqueta, oi?

Però ella no respon. El Jordi pica de peus a terra. Comença a tenir-los gelats. El cert és que no poden quedar-se gaire estona aquí o demà els trobaran fets uns glaçons. Però tampoc no és prudent posar-se ja a fer enregistraments, perquè... i si ve el guàrdia? Potser abans de tancar fa una volta per tot el recinte... Torna a treure l'encenedor. És un quart i mig de set. I totalment de nit.

A dos quarts de set decideix que ja ha esperat prou i que ja és impossible que vingui ningú. Allarga la mà, a les palpentes, i agafa la de la noia:

—Vine.

Surten del panteó. El cel, molt emboirat, presenta, però, una estranya lluminositat vermellosa que ajuda, si més no, a distingir algunes formes.

—Fantàstic! Tenim llum i tot —bromeja el noi per amagar el nerviosisme creixent que, sense poder-ho evitar, l'està dominant.

Es treu el magnetòfon de la butxaca i, agenollant-se, el posa a terra. Es bufa els dits de la mà per escalfar-los i acciona les tecles adequades. La Joa el mira fer, dreta al seu costat, sense mostrar cap reacció.

—Vine, ajup-te aquí, amb mi —li diu ell, tot agafant-la de la mà i fent-la abaixar—. Estàs a punt? Doncs, vinga!

Al seu entorn, els panteons, els àngels, els pecadors penedits, els trossos de marbre escantonats, les reixes de ferro oxidades i les flors podrides són els acompanyants silenciosos d'aquesta esperada i anhelada sessió de psicofonia.

—Sóc en Jordi Boldú. Avui és dijous, catorze de desembre de mil nou-cents vuitanta-nou. Primera prova de psicofonia. Hi ha algú, aquí, que vulgui manifestar-se?

Fa els passos habituals. Al cap de dos minuts es disposa a escoltar la cinta. La Joa continua completament absent. S'ha assegut a terra amb les cames creuades i la vista fixa a terra. L'audició de la cinta surt negativa. Sols hi ha un so que el xicot identifica com un fet físic normal: la remor del vent.

—Segona prova...

Resultat negatiu a mitges. Esforçant-s'hi i posant-hi una mica d'imaginació, pot sentir com uns copets.

—Tercera prova. No sigueu torradellonses, coi!, i contesteu-me, que m'ha costat molt de venir fins aquí! —diu el Jordi, en un to estrident per culpa de la tensió.

—On som? —La pregunta de la Joa, sobtada i inesperada, l'agafa d'improvís i l'espanta.

—Ai! Ara et decideixes a parlar? Recoi! Noia! Que oportuna que ets!

—On som? —insisteix la noia amb una veu estrafeta, estranya.

—Fent proves. Ja t'he dit que ara esbrinaríem què dimoni volen de tu. Mira, ho preguntarem directament. —Com que havia pitjat la tecla per enregistrar, no cal entretenir-se i es llança—. Aquí amb mi hi ha la Joa Sierra. Algú té un missatge per a ella?

Stop. Rebobina... Se sent el braç agafat i l'alè de la Joa fregant-li la cara.

—Però, on... Per què tinc tan de fred?

El Jordi alça la mà i mou el braç per desprendre's d'ella.

—Deixa'm, dona! Que em faràs caure! Ara et despertes? Noia, no hi ha qui t'entengui! Calla i escolta.

Però la Joa, que ha passat del mutisme absolut a un estat d'excitació creixent, no el deixa pas anar:

—No! —crida—. Digues! Vull saber-ho!

—Recoi, tia! Som al cementiri! I calla, que vull escoltar això.

La Joa emmudeix. La cinta comença a voltar.

—Vull marxar! Me'n vull anar d'aquí! Vull sortir! —Els xiscles de la Joa foraden els timpans del Jordi. La noia s'ha alçat com si una molla invisible la impulsés cap amunt. El Jordi se sent desconcertat uns segons.

—Òndia! Calla! Que no sento res!

La Joa va mirant al seu entorn tot estrenyent-se les mans amb desesperació. És com si anés prenent consciència del lloc on són i aquesta realitat l'aterrís.

—No! No és un cementiri, digues que no, per favor, t'ho prego, digues que no és un cementiri!

El Jordi apuja el volum. Redimoni! Com pot fer que calli? S'aixeca i l'agafa bruscament per les espatlles:

—Callaaa! Calla i tranquil·litza't! Acabarem de seguida i ens n'anirem. D'acord?

La Joa intenta veure-li la cara a través de la foscor. S'inclina cap a ell i crida:

—NOOOOOOO...! —I fent mitja volta, arrenca a córrer. El Jordi s'espanta.

—Espera't! No te'n vagis! Pots perdre't! Aquest cementiri és molt complicat!

La Joa no l'escolta. Corre cegament. Ensopegant amb el que troba pel camí. Amb els braços estesos cap endavant. La llum vermellosa que reflecteixen els núvols li permet de veure la silueta dels llocs per on passa. Sense saber com, aconsegueix sortir de la zona de les escultures i enfilar una de les grans avingudes. El terror la va paralitzant per moments, però la mateixa por la fa moure.

I corre, corre, corre...

Per davant dels grans blocs de nínxols, passant d'una illa a una altra. És un malson. Perduda en un laberint tenebrós on no hi ha forma de trobar la sortida. Però el pitjor són les rialles i els crits dels morts que la veuen córrer. I els seus comentaris. La Joa corre tapant-se les orelles i xisclant, però no aconsegueix impedir que les veus se li fiquin al fons de l'orella.

—Ha, ha, ha... No cal que corris... Vine amb nosaltres... Vine, seràs feliç... Ta mare es va penjar... Penja d'una corda... Tu moriràs igual... Ofegada... Ofegada... No cal que corris... Ofegada... La mare tenia els ulls desorbitats...

Corre, corre, corre, per davant els nínxols, entremig dels blocs de pedra rosegats per rates imaginàries.

* * *

El Jordi ha vacil·lat durant uns segons. El primer impuls ha estat sortir corrent rere la noia, però, i l'enregistrament? I si finalment ha aconseguit alguna cosa? S'ajup, incapaç de resistir-s'hi i escolta. La remor del vent és l'únic so que la cinta ha captat. Ara sí que, d'una revolada, es posa l'aparell a la butxaca i arrenca a córrer. La mare que la va matricular! I si no la troba?

No pot respirar. S'ha hagut d'aturar per força. No pot respirar. És com si una mà poderosa l'agafés pel coll i l'estrenyés amb força. Està amarada de dalt a baix d'una suor freda. Tota ella tremola. Si es pogués veure s'adonaria que té els ulls desorbitats. El cor li batega tan acceleradament que, si continua així, acabarà rebentant-se-li. S'ofega... S'ofega... S'ofega...

El Jordi corre com un boig pel cementiri, d'un departament a l'altre. Crida la noia amb tota la força de què és capaç. Està realment espantat, però no pel lloc on és, sinó per la situació que s'ha esdevingut. Què farà, si no la troba? No pot pas marxar deixant-la aquí. Si els seus pares sabessin què ha fet el matarien!

De tant en tant s'atura i intenta orientar-se. Però és gairebé impossible perquè entre la foscor i la uniformitat de tants passadissos, tantes illes, tants departaments, el més probable és que estigui fent voltes pel mateix lloc. Però no desisteix. I torna a arrencar a córrer.

—Joaaa...! Joaaaaa...!

* * *

És només un embalum a terra. Ha caigut fulminada.

Ha passat de llarg. Les seves cames corren més que el cervell en rebre el senyal. S'atura uns quatre metres enllà i torna enrere. Déu meu, gràcies! Ja l'ha trobada! Esbufegant, es deixa caure de genolls al seu costat. La noia jeu de bocaterrosa. La tomba i li agafa el canell. Uf! Encara sort! Respira! Es deu haver desmaiat. El Jordi panteixa per l'esforç. Com sortiran d'aquí ara? Incapaç, de moment, de moure's, roman agenollat durant uns minuts. Respira a fons. De mica en mica nota que va recuperant les forces; llavors s'incorpora, agafa la noia per sota els braços i intenta aixecar-la. Pesa més del que esperava i potser del que ell pot portar.

Duent-la a coll aconsegueix arribar fins a l'entrada principal. Allà la deixa damunt les escales. La Joa no ha recuperat el coneixement. La primera porta és oberta; el xicot ho comprova ràpidament, però la segona està tancada i barrada i, per molts cops que hi clava, no cedeix ni un mil·límetre.

El Jordi deixa anar un reguitzell de malediccions. Està tan nerviós i espantat que ja no sap què fer. Però, com ha pogut ser tan burro com per no preveure com sortirien d'aquí? Mira que n'és, de bèstia! Ell pensava marxar per la porta, és clar! Però la porta és tancada amb clau. I aquí no hi ha parets mitgeres per on saltar.

Corre cap a l'oficina i intenta forçar la porta. L'esforç és endebades. Què farà? Què es pot fer, en un cas així? Es mossega els llavis fins a fer-s'hi sang. El vent, que xiula cada vegada més fort, fa espetegar la porta que dóna als lavabos. El Jordi tomba el cap en sentir el soroll. Això el fa reaccionar! Si hi ha corrent d'aire vol dir que hi ha alguna cosa oberta. Hi corre. Obre la porta d'una empenta i veu la llibertat dos metres més amunt del terra. La finestra!

S'enfila a la tassa del wàter i, és tan fàcil obrir-la, que sense saber com ni per què, li cauen dues llàgrimes de felicitat. És meravellós! És increïble! L'alegria que sent es difumina quan pensa en la Joa. Com ho farà, per treure-la d'aquí? És impossible! Ell podrà sortir perquè és àgil i pot enfilar-se fàcilment, però pujar fins a la finestra un cos inanimat, no. No pot. Haurien de ser dos com a mínim.

Amb la mà encara a la maneta de la finestra, el Jordi vacil·la. Quina marranada, deixar la companya aquí! Però quedar-s'hi és d'imbècils. Fins demà al matí no vindrà ningú. Llavors tot seran preguntes. I és possible que li posin alguna multa; una multa que hauran de pagar els pares, és clar. Ui! La mare li faria una cara nova! I adéu, moto! Adéu, anada a esquiar ara, per Nadal! Adéu al sou de cada mes... Ui, ui, la Joa no val tantes renúncies! A més, és una histèrica. Ell prou que li deia que no marxés, que podia perdre's. Si no li ha volgut fer cas, pitjor per a ella!

Amb decisió, pren impuls i s'enfila a la finestra. Salta al jardí i surt corrents.

La Joa roman inconscient damunt les escales de pedra de la placeta que hi ha davant l'entrada principal. El vent arrossega les fulles seques de les flors podrides i algunes van fent niu als seus cabells.

Capítol quinzè

La trucada s'ha rebut a la centraleta de la comissaria. El comunicant semblava molt nerviós i no ha sabut precisar a quin cementiri es referia. Un quart d'hora després, la patrulla que ha anat al de l'Est informa que la comunicació era certa i que duien la noia a l'Hospital Clínic. Més tard, a l'informe, anotaran que la noia, que no presentava símptomes de violència ni d'agressió física, es trobava en estat d'inconsciència.

—Perdoni, l'habitació de la senyoreta Georgina Sierra, si em pot fer el favor?

La infermera del torn de nit alça el cap i mira el visitant amb indiferència.

—Ara no són hores de visita —diu.

—És una urgència. M'acaben d'avisar.

—Un moment —amb unes poques ganes evidents, la infermera repassa el registre d'ingressos—. El passadís fins al fons i després a la dreta. Hi veurà una saleta. Demani pel doctor Giménez del Prado.

—Gràcies.

Amb passes ràpides el Miquel enfila el corredor. Déu meu! Què deu haver passat?

Colpeja un parell de vegades la porta de la saleta i l'obre. Hi ha un home i una dona vestits amb uniformes de color verd asseguts en unes butaques d'imitació de pell, fent un cafè.

—Perdó, el doctor Giménez del Prado?

—Sóc jo —respon l'home tot aixecant-se. La metgessa s'acaba el cafè a petits glops i els mira. Té l'expressió cansada.

—Sóc en Miquel Sierra. M'han avisat que han ingressat la meva germana.

—Sí. Passi.

—Bé, torno a la feina —diu la metgessa, tot llançant el gotet parafinat dintre el cubell que hi ha en un racó de la sala.

—Segui, si us plau —el metge, alhora que el convida, també s'asseu.

—Què ha passat? —El Miquel s'afluixa el coll de la corbata amb un gest evident de preocupació.

—Una cosa molt estranya —respon el metge i fa una pausa tot observant l'altre, com si esperés trobar-hi la resposta o una pista—: La policia ha trobat la seva germana al cementiri de l'Est, inconscient.

El Miquel obre la boca com si anés a dir alguna cosa, però no li surt cap paraula. El metge s'adona que per aquesta banda no en traurà l'aigua clara, continua en to neutre relatant els fets i acaba dient:

—La noia presenta un quadre de xoc profund. Ja ha recuperat el coneixement però no vol o no pot parlar. Així mateix es nega a prendre res.

El Miquel continua callat. Sembla que no assimila els

fets, o potser té tantes preguntes a fer que no sap per quina començar. El metge l'ajuda:

—Al principi hem pensat que es tractava d'un coma provocat per una síndrome d'abstinència.

—Droga? —La veu del Miquel sona molt apagada.

—Ja ho hem descartat. De fet, el diagnòstic és de crisi nerviosa. També hem constatat una certa debilitat física. La tensió arterial és molt baixa: sis i vuit i mig.

El Miquel es passa la mà per la cara.

—Déu meu —murmura—. Què deu haver passat?

—Això és el que nosaltres i la policia voldríem saber. Tenen algun familiar enterrat al cementiri de l'Est?

—No...

—Bé... —S'aixeca i el Miquel fa el mateix—. Demà al matí haurà d'anar a comissaria a respondre algunes preguntes. Ja sap...

—Puc veure-la?

—Ara dorm. Li hem administrat sedants.

—Quan podré endur-me-la?

—Ha de passar la nit aquí, en observació. Si no hi ha cap complicació, demà al migdia li donarem l'alta.

—Doncs... —El Miquel es queda aturat—. Bé, fins demà... Sap si hi ha alguna pensió que llogui habitacions per passar-hi la nit, per aquí a prop?

* * *

Té el duplicat de les claus del pis de la seva germana a la butxaca. Però no hi vol anar. Vol ser a prop seu. I aquesta pensió que li han dit és només a dos carrers de l'hospital. Mentre s'hi encamina, acompanyat només per la remor de les seves pròpies petjades i d'algun cotxe que passa fugisser, el Miquel es torna a passar, mentalment, trossos de la seva pel·lícula personal, tal com ho ha fet mentre venia per l'autopista amb el cotxe, repescant i fixant imatges, com si manipulés un vídeo imaginari, i intentant de recordar converses mantingudes amb la seva germana per trobar una pista, un fil conductor que el dugui a treure l'entrellat del que ha passat. Però no se'n surt, i arriba a la porta de la pensió arrossegant la mateixa confusió, tant desconcertat com abans.

L'habitació és petita i senzilla. En una altra ocasió no s'hi quedaria; ell s'estima més anar a establiments de quatre estrelles en amunt. Avui és diferent. Es deixa caure al llit i es treu les sabates, l'americana i la corbata. Després agafa el telèfon i truca al seu amic, el psiquiatre. En poques paraules li explica què passa i l'Adolf, talment com si hagués previst que podia passar alguna cosa semblant, li diu:

—Porta-me-la. Sé un lloc on estarà molt bé. I no pateixis, Miquel, ens en sortirem. Sortosament encara és molt joveneta i l'agafem a temps. Quan dius que sortirà de l'hospital?

Quan el Miquel s'ha aconseguit adormir, la llum del dia ja s'obre pas entre la foscor de la nit.

* * *

L'inspector alça els ulls del paper que té a les mans i mira la directora:

—Què li fa pensar que pot haver estat un d'aquests alumnes? —pregunta.

La Roser mesura prudentment les seves paraules:

—Jo no he fet cap acusació, senyor inspector. Només

he dit que aquests són els alumnes més brillants i alhora més interessats en la informàtica.

—I aquest altre?

—El Jordi Boldú? Bé, aquest té la mania d'anar enregistrant tot el que pot. Diu que fa psicofonies.

El policia plega en dos el full i se'l fica a la butxaca interior de l'americana.

—La instal·lació que hi havia no té res a veure amb la informàtica —diu fredament.

Se senten uns cops a la porta. La directora el mira interrogativament i el policia assenteix amb el cap.

—Endavant —diu la Roser.

El Salvador treu el cap:

—Senyora Roser, hi ha el germà de la Joa Sierra a la saleta. Vol parlar amb vostè.

La directora mira el Salvador amb sorpresa.

—El senyor Sierra? —repeteix—. No tenim pas cap cita.

—Diu que és molt urgent.

—Digui-li que ho sento molt però que ara estic ocupada.

El policia s'aixeca.

—Per mi no ho faci. Quan tenen temps lliure, els nois? Vull dir l'hora del pati, de l'esmorzar.

—D'aquí a deu minuts. Però la majoria surten, van en un bar que hi ha al davant. Si vol parlar amb ells...

El policia fa un gest ambigu amb la mà i la directora també s'aixeca. Quan es queden sols diu al Salvador:

—Ja pots fer passar el senyor Sierra.

L'inspector va cap a l'escala, es troba amb el seu ajudant que puja i tots dos es queden al replà a parlar.

—Res de nou?

—No. I tu?

—No ho sé. Tinc una llista de bons alumnes aficionats a jugar amb ordinadors, i un que es dedica a enregistrar veus de morts o allò que en diuen psicofonies. Què en penses, d'aquest assumpte?

S'enretiren per deixar passar el conserge que camina de pressa, l'ajudant es fica les mans a la butxaca i diu tot arronsant-se d'espatlles lleument:

—Això té tota l'aparença d'una bretolada; quatre carallots que han volgut fer una brometa a les nenes maques de la seva classe, o saber més del compte dels professors amb vista als exàmens.

—Hi estic d'acord; l'única cosa que no em lliga és el tipus de material que han fet servir. És de professionals.

L'ajudant rebufa, fa mitja volta i comença a baixar l'escala.

—Au, vinga! Si avui dia el pots trobar on vulguis si et saps moure! Què? Què fem ara? Vols interrogar els alumnes?

—Sí. Els sacsejaré una mica. En aquesta edat van de pinxos i de reis del mambo, però fan figa de seguida. Si entre ells hi ha els culpables es delataran fàcilment. Anem.

Pel vestíbul vénen el conserge i en Miquel Sierra, i al peu de l'escala es creuen amb els policies. Se saluden amb un gest breu i mecànic i...

—Ei! Un moment!

En Miquel es gira i mira cap avall, cap a l'inspector que ja fa la intenció de pujar els graons i apropar-se-li.

—Si?

Ja el té a tocar. Llavors el reconeix i tots dos parlen gairebé alhora:

—Home, Sierra! Què hi fas aquí?

—Caram, Rovira! No et coneixia amb aquest bigoti!

L'inspector somriu, es toca el mostatxo amb satisfacció i diu al seu ajudant, que no s'ha mogut del peu de l'escala:

—És un vell amic, en Miquel Sierra, del meu poble, i a més coincidim en totes les fires i les convencions que hi ha sobre temes de seguretat. —I de nou al Miquel—. Doncs mira, noi, ara me les he de veure amb els caganers.

—Que ha passat res, aquí? —diu en un cert to d'alarma el germà de la Joa.

—Sí, i precisament un fet relacionat amb material com el que tu importes.

En Miquel sent un calfred que li recorre l'esquena i fa un esforç perquè la veu li surti natural:

—Què vols dir?

—Doncs que algú ha vist massa pel·lícules d'espies i s'ha dedicat a posar micròfons per tot arreu. Coses del jovent, ja se sap. I tu, què? Vols tornar a escalfar culs de cadira?

En Miquel força un somriure amb dificultat.

—He vingut a parlar amb la directora de la meva germana. Estudia aquí.

—Ah, sí! La petita Georgina! Que en fa, d'anys, que no l'he vista! Encara és tan maca? Bé, ja deu ser tota una dona, oi?

—Sí. Està molt bé.

L'inspector li clava un cop a l'espatlla.

—Bé, noi, et deixo, que tots tenim feina. A veure si en una d'aquestes fires fem un cafè junts.

—D'acord! Adéu.

—Adéu. Records a la teva germana.

La directora li assenyala la cadira perquè segui, i el primer que veu el Miquel són els magnetòfons i els micròfons damunt la taula. El cap li roda uns instants i sent que se li dispara el pols. Ara ja no té cap dubte. La Georgina està implicada en aquest assumpte. Però, per què i per qui? La veu de la directora li arriba com si fos molt lluny. Obre la boca per inspirar a fons i de mica en mica el pols va alentint el seu ritme.

—... perquè el conserge m'ha dit que era urgent, però li agrairia que fos breu.

—Sssí, perdoni que m'hagi presentat així, sense demanar hora... —Parlar li costa un gran esforç—. Però, sí, és veritat, és urgent que parli amb vostè...

—Que li ha passat res, a la Joa? —l'interromp, sincerament preocupada, la Roser.

—Ha sofert una crisi nerviosa... Ara és al Clínic, la hi va dur la seva tia. —No n'ha sabut mai, de mentir, i per un instant pensa que la directora ho descobrirà—. Necessito saber si ha passat res, aquí, que pugui haver-li provocat aquest estat.

—Caram! Em deixa ben sorpresa. Però no crec que pugui ser-li de gaire ajuda. L'única cosa que li puc dir és que la Joa ja feia uns dies que no estava gaire fina i, certament, se la veia alterada. Ahir ja no va venir a classe; ara bé, tingui en compte que s'apropen els exàmens i...

En sortir de l'institut, el Miquel ja té clar que, abans que res, cal anar al pis de la seva germana. Sospita confusament que allà trobarà el desllorigador dels fets. La primera intenció ha estat d'agafar un taxi però immediatament se n'ha desdit. Necessita caminar. Posar en ordre les idees i catalogar, si això és possible, tota la informació rebuda al llarg d'aquestes darreres hores.

El pitjor ha estat l'estada a la comissaria. Potser és per la manera que té la policia de fer les preguntes. Segons que han afirmat, la Joa no estava sola al cementiri i la persona que l'acompanyava és qui va avisar-los; d'això, no n'hi ha cap dubte. Però l'interrogant continua essent el mateix: què feia aquesta noia al cementiri, de nit? Un dels policies ha comentat en to despectiu que hi ha molts nois i noies que, avorrits dels luxes i els capricis que els donen els seus pares, busquen emocions fortes, encara que sigui profanant llocs sagrats com és un cementiri. El Miquel ha hagut de fer un esforç per no aixecar-se i fer-li-ho empassar a bufetades.

La conversa amb la directora no li ha aportat pràcticament cap dada nova, però sí el que ha passat a l'escola. Hi ha algun lligam?

* * *

Quan l'inspector i el seu ajudant entren al bar, el grup d'alumnes que hi ha asseguts a la taula del fons interrompen la conversa i se'ls queden mirant.

—Aquests vénen per nosaltres —xiuxiueja la Gisela.

—Ja ha parlat amb la gent d'altres classes —diu, també fluixet, el Xavier Pinyol.

El Jordi Boldú no diu res, però sent que li falta l'aire i li cal inspirar a fons. Les galtes se li han enrogit. Sortosament per a ell, ningú no se n'adona; estan massa preocupats veient com els dos policies s'acosten a la seva taula.

—Bé, nois. —L'inspector els va mirant l'un rere l'altre fredament, fins i tot podria dir-se durament—. Què podeu dir-me'n d'aquest assumpte?

* * *

Dret al bell mig del menjador del pis de la seva germana, el Miquel contempla estupefacte el desordre que hi regna. Quan veu les cintes llençades a terra, l'estupefacció deixa pas al dolor i a la consternació més profunda. Durant una estona comprova auditivament el que sospitava: el contingut de les cintes són converses. Converses enregistrades d'amagat. Valga'm Déu! Tan compromès com és, això! Del que no hi ha dubte és que la Georgina treballava per a algú. Ara entén com podia pagar aquest pis!

Comença a buscar el que pensa que pot ser una pista: una llibreta d'una caixa d'estalvis o d'un banc... En algun lloc ha de ser. Ell li enviava els diners per transferència; hi ha d'haver els comprovants de la caixa, el saldo... Troba el que busca a la tauleta de nit, dins d'una carpeta negra. Agafa el plec de papers —la majoria són resguards d'ingressos— i seu a la vora del llit; entremig dels fulls hi ha una llibreta de la Caixa. Deixa els papers damunt el llit i, uns instants, fa ballar la llibreta entre els dits, en un intent desesperat d'esperar que no, que no és el que es pensa.

L'obre amb calma i va passant fulls. L'import dels ingressos, fets amb una freqüència gairebé mensual, és elevat. En veure el saldo, el món li hauria caigut a sobre si no fos perquè ja fa estona que el seu pes el va aclaparant.

El Miquel llança la llibreta damunt el llit i s'aixeca. Va cap a la finestra i mira a fora sense veure res. Bé, les coses cal acceptar-les com són. No porta enlloc lamentar-se. La Georgina duia una doble vida. Enregistrava converses per a algú i la seva feina era molt ben retribuïda. Torna a seure al llit i agafa de nou la llibreta. Observa les dates en què van ser fets els ingressos. No segueixen un ordre establert; això vol dir que anava a preu fet: tantes cintes, tants diners.

Comença a lligar caps. Algú l'ha descoberta i la vol fer callar. Però, quina relació té això amb la seva anada al cementiri? És el lloc on establien el contacte? On hi havia l'intercanvi de cintes i diners? És un raonament lògic. La gent que va al cementiri no acostuma a fixar-se en el que fan els altres visitants i, si aquest de l'Est és tan gran com li ha dit la policia fa un parell d'hores, deu ser fàcil passar-hi desapercebut.

La Georgina és un perill. Aquest és el punt principal. Qui la vol fer callar és qui ha escorcollat el pis buscant... Què?

El Miquel es colpeja el genoll amb desesperació. La clau de tot això només la té la noia, ella i prou.

En aquest moment sona el timbre del telèfon. S'aixeca, surt de l'habitació i busca l'aparell. El troba a terra, al costat del sofà. Despenja i abans de dir res sent:

—Joa? Sóc el Medina. Escolta, no pengis. Deixa'm parlar i escolta. Et pagaré el doble, però m'has de fer la feina, sents? Perquè...

—Qui és, vostè? —l'interromp bruscament el Miquel.

A l'altra banda del fil telefònic es fa un silenci sobtat i la comunicació s'interromp. El Miquel també penja, pensatiu. «Medina», «et pagaré el doble, però m'has de fer la feina...» Al costat de la carpeta negra amb els papers de la Caixa, hi ha vist una agenda. Quan el Miquel entra a l'habitació de la seva germana sap que ara sí que ha trobat el que buscava.

Capítol setzè

Quan l'inspector ha girat cua i ha sortit del bar, el Jordi ha sentit que es treia mig pes de sobre. Mig, només, perquè malgrat que ha intentat trobar-hi justificacions per totes bandes, no sap com desempallegar-se del sentiment de culpabilitat que té envers la Joa. Què deu haver passat? Hi va anar, la policia, al cementiri? La van trobar? Hauria hagut de quedar-se amagat rere la tàpia per assegurar-se'n, però no s'hi va veure pas amb cor. Va fugir, cames ajudeu-me. Com un covard. Aquest matí el primer que ha fet en sortir de casa ha estat comprar tres diaris i buscar la pàgina de succesos. Però cap no portava la notícia. Per què? També ha pensat a trucar a casa seva però, i si hi ha la policia esperant-lo? No diuen que l'assassí torna sempre al lloc del crim? Però ell no és un assassí, només és un paio que ha fet una mala jugada a una companya i prou.

Sospira i s'acaba d'un glop la coca-cola que li quedava al got. Llavors, en aixecar la vista s'adona que l'ajudant de l'inspector és davant seu.

—Jordi Boldú?

—Ss-sí.

—Vine, l'inspector vol parlar amb tu privadament.

Tots els seus companys el miren amb sorpresa i el noi sent que les cames li fan figa. L'han enxampat! No sap pas com, però l'han descobert. Potser el vigilant el va veure i ha xerrat. Està perdut... L'ajudant l'acompanya fins al carrer, on l'espera l'altre policia.

* * *

El Medina s'està barallant amb una seqüència especialment conflictiva. Per al correcte desenvolupament de la història hi hauria de fer un parell de *flash-back*, però el productor n'és enemic. Opina que els salts enrere en el temps són per a les pel·lícules *de qualité*, no per a les sèries-hamburguesa, com aquesta. Quan una solució intermèdia comença a prendre cos i la té, allò que es diu, a la punta de la llengua, sona el timbre de la porta.

Mastegant un renec s'aixeca per anar a obrir. Segur que deu ser un missatger de la productora amb les rectificacions del darrer guió. Maleït siga! El productor, la Joa i la mare que els va parir tots!

Obre la porta. Al llindar hi ha un individu que no coneix, amb una expressió tan fosca que fa estremir.

L'individu, sense dir res, entra decidit i fa espetegar la porta rere seu. El Medina es troba tan agafat de sorpresa que, quan vol reaccionar, l'altre ja li engega, a boca de canó:

—Quina relació tens amb la Georgina?

L'individu l'agafa pel jersei amb una mà i amb l'altre li venta una bufetada que el fa anar a petar de ronyons contra la seva taula. S'endú la mà a la boca. Té sang als llavis. I sent, com si vingués de lluny, la veu del desconegut:

—Et faré la cara nova si no m'ho expliques tot. T'ho juro, que ho faré!

* * *

L'han fet anar fins al cotxe patrulla i, allà, a peu dret, l'inspector ha començat l'interrogatori.

—Segons sembla, t'agrada molt fer enregistraments, diguem-ne, especials.

—No... Jo... Bé, només investigo.

—On?

El Jordi s'empassa saliva. Aquest paio ho sap tot però el vol fer gruar. N'està convençut. Per això li parla tan durament. S'escura la gargamella i diu:

—A casa, o a la muntanya els caps de setmana.

—N'estàs segur?

—Sí.

L'inspector es tomba i es fica dintre el cotxe. El Jordi continua palplantat al carrer, patint. I si passa algú que el coneix i ho diu als pares? És clar que, després d'aquesta, prou que se n'assabentaran. Ai, quina una que li caurà al damunt! I què dimonis deu estar fent ara, aquest poli?

El policia és d'esquena al noi, parlant pel *walkie-talkie* del cotxe, però en realitat l'aparell és en *off*. El que pretén és posar-lo nerviós. Ell l'ajudarà fent servir un recurs molt senzill però que sol donar bons resultats amb jovent que no està malejat, com ara aquest noi. Al cap d'uns instants, amb l'expressió molt fosca, surt del cotxe i se li encara:

—Bé, noi, és millor que parlis. Ho sabem tot.

El Jordi empal·lideix encara més i la veu li surt a batzegades.

—Ostres, jo no volia deixar-la allà, de debò. Però se'm va desmaiar i no podia treure-la... Ho sento, ho juro. Com està? Van anar al cementiri a buscar-la, oi?

L'inspector i l'ajudant es miren sorpresos i l'ajudant es fica ràpidament al cotxe, i ara sí que connecta l'aparell transmissor.

* * *

A dos quarts de tres un Miquel més asserenat arriba al Clínic. La conversa amb en Medina li ha aclarit una part de la història però aquesta continua incompleta. Què feia la Joa al cementiri? Amb qui hi va anar? El Medina li ha jurat i rejurat que ell mai no li havia encarregat cap conversa feta en aquest recinte. I no li ha pogut assegurar que ell fos l'únic «client» de la noia.

Abans de pujar a l'habitació parla amb el metge. No és el qui hi havia de guàrdia anit, sinó un doctor força jove, que no sembla gaire disposat a donar d'alta la Georgina fins que el Miquel no li assegura que serà examinada per un bon psiquiatre. En citar el doctor Adolf Sobirana el metge canvia d'actitud.

—Ja el conec —diu—. En aquest cas, no hi ha res més a dir. Vagi a administració per arreglar els papers i després ja podrà endur-se la seva germana. Però permeti'm una observació: fins que no sigui en aquest centre que diu, no la deixi sola per res —Fa una pausa i continua—: Pot fer qualsevol disbarat.

El Miquel empal·lideix.

—Que potser...?

—Aquí no, tampoc no n'ha tingut ocasió, però amb el quadre clínic que presenta cal prendre precaucions.

La Joa és a l'habitació acompanyada per la infermera

que l'ha ajudada a vestir-se; arronsada a la cadira, mira al seu entorn amb cara de por. Quan veu entrar el seu germà, fa un gemec curt i li allarga els braços. El Miquel l'abraça molt fort i li diu, el més tendrament possible:

—Au, nena, anem cap a casa.

L'ajuda a posar-se la caçadora i, agafant-la per la cintura, van caminant a poc a poc cap a l'ascensor.

Falten cinc minuts per a dos quarts de tres de la tarda quan surten al carrer. Avui el sol lluu amb força, com si estigués penedit de tants dies d'absència. El Miquel crida un taxi i li dóna l'adreça de casa la seva germana.

Al pis està tot ordenat, cada cosa al seu lloc. Res no assenyala el desgavell sofert. Endreçar-lo no li ha costat gens al Miquel, acostumat com està a viure sol. La Joa no diu res. En realitat, encara és l'hora que hagi de dir un mot.

La fa seure al sofà. La Joa es manté inclinada sobre si mateixa. Les espatlles caigudes, l'expressió adolorida. Els ulls, molt ensorrats. El Miquel intenta actuar, moure's i parlar amb tota naturalitat. Mentre es treu l'americana i la deixa ben posada al respatller d'una cadira, diu:

—Bé, ara prepararé alguna cosa per dinar i després... —Fa petar els dits—. Cap amunt! Tu ja comences les vacances de Nadal. Veus, nena? Avantatges de ser estudiant! Que bé que viviu, els estudiants!

—Miquel...

Ho ha dit tan fluixet que el germà ho intueix més que no ho sent.

—Què vols, nina meva?

—Moriré ofegada, com la mare.

El Miquel sent una punxada al pit. S'agenolla davant la germana, li enretira els cabells que, despentinats, li cauen damunt la cara i murmura:

—Però, què dius?
—M'ho ha dit la Veu.
—Què feies al cementiri, Georgina?
La Joa se li tira al coll i arrenca a plorar.
—No em puc escapar, no ho entens? Els morts m'ho han dit. M'han avisat!
El Miquel fa un esforç per apartar-la; es treu un mocador de la butxaca i li eixuga les llàgrimes.
—Explica-m'ho tot, he de saber-ho, necessito saber-ho per ajudar-te, m'entens?
La Joa plora compulsivament amb la cara tapada per les mans. El seu germà insisteix endebades. No sap què fer. Es passa les mans pels cabells, es treu la corbata. S'aixeca. Torna a seure i se la queda mirant.
«Moriré ofegada», li ha dit la nena. Quina neura és, aquesta? Té relació amb tot el que ha passat? Potser és el que ahir li va dir l'Adolf:
—És difícil de saber quines estructures mentals li han quedat afectades pel suïcidi de la vostra mare. Una impressió com la que va rebre pot quedar enquistada tota la vida o pot sorgir en qualsevol moment provocant una reacció imprevisible. El fet més absurd pot fer de detonant.
La mare també era una dona emocionalment fràgil. Ja de petit havia sentit a dir que tenia els nervis delicats i que calia no alterar-la. Hi ha persones així, com n'hi ha que tenen poques defenses físiques i que arrepleguen tota mena de malalties i virus. El pare se'n reia, d'aquestes coses; deia que les malalties dels nervis eren cosa de gent rica i desvagada, i no volia ni sentir a parlar de dur-la a un «metge de bojos» com anomenava ell els psiquiatres.
El Miquel respira a fons i mou el cap com si volgués esbandir-se aquests pensaments. El pare ja és mort i no

és correcte fer-li retrets, però potser si la mare hagués anat a un bon metge...

La Joa, arraulida al sofà, somiqueja fluixet. Per la mare va ser tard, per la Georgina no! I tant que no! S'aixeca, va cap al telèfon i marca el número de l'Adolf Sobirana.

—Adolf? Sóc el Miquel. Escolta, ja la tinc a casa. Què fem?

—Com està?

El Miquel sospira:

—Ja la veuràs; dóna'm l'adreça d'on hem d'anar i d'aquí a mitja hora sortirem.

—Pren-ne nota.

El Miquel escriu l'adreça en un full de la seva agenda i se la torna a guardar a la butxaca.

—D'aquí a un parell d'hores hi farem cap —diu.

—Us estaré esperant.

Penja i se'n va cap a l'habitació de la germana. Agafarà el més imprescindible. Després, en un altre moment, ja tornarà per buidar el pis i tornar les claus. S'ha acabat l'estada de la Georgina a Barcelona.

El timbre del telèfon, inesperat, el sobresalta. Va cap al menjador de pressa.

—Digueu?

—Sierra? Sóc en Rovira. Escolta, tinc aquí un paio que em sembla que té alguna cosa a veure amb el que li ha passat a ta germana.

—Què dius? —fa ell, sorprès.

—Heu de venir a la comissaria.

El Miquel es gira i mira la Joa.

—No puc. Ara marxem cap a Girona, Rovira, la meva germana no està gens bé.

—No m'estranya... però és necessari que en parlem. Farem una cosa. No us mogueu fins que no siguem aquí.

—T'ho agraeixo.

Quan truquen a la porta ja tot és a punt. La maleta, al rebedor i la nevera, desendollada i amb la porta oberta. El Miquel fa passar l'inspector, l'ajudant i aquest noi d'aspecte desolat, al qual mira amb desconfiança.

—Endavant.

La Joa s'ha endormiscat. Està arronsada al sofà, com un fetus al claustre matern. Té al damunt una vànova amb què el seu germà l'ha tapada perquè no agafi fred.

—Seieu.

Seuen al menjador. El Jordi clava llambregades a la Joa. Se'l veu molt nerviós.

—De què es tracta? —diu el Miquel, també nerviós—. Què ha passat?

—Que buscant una cosa n'ha sortit una altra —respon l'inspector en to neutre i, tot assenyalant el Jordi, continua—: Aquest és el paio que era anit amb ta germana al cementiri de l'Est.

El Miquel se'l queda mirant i l'expressió se li va enfosquint per moments.

—I què hi fèieu, allà?

El noi es remou neguitós a la cadira.

—Psicofonies. Bé, les feia jo, la Joa només hi va venir per fer d'antena.

—Què, què? —El Miquel ha clavat un cop amb la mà plana a la taula i s'ha inclinat cap al noi; immediatament l'ajudant el subjecta pel braç.

—És que la Joa és una tia molt sensible que crida els esperits, els capta, i jo... Bé, doncs jo portava temps matant-me per aconseguir una... —Respira a fons i s'encara amb el Miquel—. Miri, sento molt el que va passar. Jo no volia deixar-la allà tirada, però em vaig espantar, tot era tancat i l'única manera de sortir-ne era saltant per la finestra. Ella es va desmaiar i jo... Però vaig trucar a la policia perquè anessin a buscar-la, tampoc no la vaig deixar penjada del tot...

El Miquel sent que un tel vermell li enterboleix els ulls. Sense adonar-se'n ha tancat els punys. Aquest malparit és qui va deixar la nena...! L'inspector el subjecta.

—Quiet, Sierra, no facis cap bestiesa.

El Miquel bufa fort i es passa les mans pels cabells.

—Així, doncs, era això —diu. Fa una pausa i parpelleja tot mirant el Jordi—. I què deies, dels esperits?

—La Joa feia psicofonies involuntàries. Mentre enregistrava... —Ara és ell qui fa una pausa. Potser podria xerrar del que sospita, que ella és qui ha muntat aquest merder a l'institut, però s'ho calla i continua—: Coses seves, se li interferien veus que li deien coses.

—Quines? —salta el Miquel, gairebé cridant.

—Doncs que moriria ofegada i coses així. Però això són bestieses, ho sé del cert. Són esperits burletes que ho diuen per fer la punyeta als vius, perquè ens tenen enveja.

El Miquel mira l'inspector i l'ajudant, incrèdul.

—Esperits burletes... —Mira sa germana i repeteix—: Esperits burletes, jocs d'infants...

S'aixeca i agafa el noi pel jersei tan de pressa que els altres no tenen temps d'aturar-lo.

—Són jocs, oi? —crida furiós—. Així és com estudieu, els nois d'ara? Així és com us ho passeu bé? Escampant la por i l'angoixa entre éssers dèbils que no poden defensar-se?

El Jordi, veritablement espantat, crida:

—Ei, escolti! Que jo no en tinc la culpa! I jo trec bones notes, eh!

—Deixa'l, Sierra! Deixa'l, et dic!

El Miquel no obeeix, al contrari. S'acosta al noi fins que el té a tocar i diu, mastegant les paraules:

—Doncs ara mateix despertaràs la Georgina i li diràs que tot va ser una broma, em sents? Que no hi va haver psicofonies ni gravacions fantasmes ni res, de res, de res! Entesos? I si no s'ho creu, calça't, perquè et faré una cara tan nova que ni els teus pares et reconeixeran.

I d'una estrebada el llança a terra. L'inspector i l'ajudant no es mouen. El Jordi els mira tots. S'empassa saliva i, de quatre grapes, s'acosta a la noia. Li posa la mà a l'espatlla i la sacseja.

—Ei, Joa! Joa, desperta't... Desperta't, tia!

La Joa, a poc a poc, obre els ulls i el mira. Mou els llavis i una expressió de por se li reflecteix a la cara. El Jordi se n'adona i entén què pensa. De pressa li agafa les mans i, d'una tirada, abans que el pugui fer callar, li diu:

—Ostres, tia, perdona'm allò d'ahir i tot el rotllo de les psicofonies. Era una broma, saps? No hi ha cap Veu que et digui res. Ho vaig preparar tot jo. Sóc un bèstia, ja ho sé, un animal, un cretí, un estúpid, un carallot, el que vulguis. Ho vaig fer perquè... perquè... m'agradaves i era una forma com una altra de trobar la manera d'enrotllar-nos.

La Joa el mira amb els ulls molt oberts. Va movent els llavis com si repetís tot el que diu ell fins que aconsegueix pronunciar:

—Era una broma... Era una broma...

La barbeta li tremola i comença a fer un sorollet que al principi no se sap si és que riu o que plora. El Jordi aixeca el cap i mira el germà de la noia. El Miquel s'acosta de pressa.

—Georgina, nina meva!

La Joa se li abraça.

—Era una broma, Miquel... Una broma... No era veritat!

És un riure histèric o és un plor? La noia ha amagat la cara en el pit del seu germà i sanglota fortament. L'inspector i l'ajudant s'aixequen.

—Au, noi, anem. Adéu, Sierra, ho sento.

El Miquel, sense deixar la Joa, el mira. Sembla esgotat.

—Escolta, Rovira, no cal que continuïs investigant allò de l'escola. Ara he d'anar a acompanyar la nena a Girona, però en acabat vindré i en parlarem.

—D'acord. Em trobaràs a la comissaria. Anem, noi.

Quan són a la porta encara tornen a sentir la veu de la Joa:

—Era una broma, Miquel, una broma...!

ÍNDEX